De olhos bem abertos

De olhos bem abertos
Lilian Fontes

EDITORA RECORD
RIO DE JANEIRO • SÃO PAULO
2011

CIP-BRASIL. CATALOGAÇÃO-NA-FONTE
SINDICATO NACIONAL DOS EDITORES DE LIVROS, RJ

F766d
Fontes, Lilian, 1958-
De olhos bem abertos / Lilian Fontes. – Rio de Janeiro : Record, 2011.

ISBN 978-85-01-09451-3

1. Romance brasileiro. I. Título.

11-4834
CDD: 869.93
CDU: 821.134.3(81)-3

Copyright © by Lilian Fontes, 2011.

Capa: Diana Cordeiro

Texto revisado segundo o novo Acordo Ortográfico da Língua Portuguesa

Direitos exclusivos desta edição reservados pela
EDITORA RECORD LTDA.
Rua Argentina 171 - 20921-380 - Rio de Janeiro, RJ - Tel.: 2585-2000

Impresso no Brasil

ISBN 978-85-01-09451-3

Seja um leitor preferencial Record.
Cadastre-se e receba informações sobre nossos
lançamentos e nossas promoções.

EDITORA AFILIADA

Atendimento e venda direta ao leitor:
mdireto@record.ccm.br ou (21) 2585-2002.

Para Arnon.

E para Carolina e Paula,
minhas melhores obras.

Agradeço à Nilza Villaça,
Cristina de Barros Barreto e
Ana Bovino, ótimas leitoras

"Nada, que eu sinta, passa realmente.
É tudo ilusão de ter passado."

Carlos Drummond de Andrade

1

Quando eu nasci me disseram. Os bebês no berçário dormiam menos eu. Contam que meus olhos estavam bem abertos. Mal eu saí da barriga da minha mãe, fiquei de olhos abertos. De olhos bem abertos. Então, não venham dizer. Não adianta tentarem encontrar uma explicação. Eu sempre fui assim. Nasci assim.

Ontem, quando eu entrei no restaurante, bastou um único olhar e rapidamente eu vi. Ele estava sentado numa mesa para dois, do lado direito da entrada. O balde de gelo do lado. Vinho branco. E veio o garçom: segurou a garrafa com o guardanapo e serviu a taça da mocinha. Ela era loura, cabelos presos. Segurou a taça de vinho pela haste fina e a levou até a boca.

O garçom me conseguiu uma mesa colocada bem na diagonal de onde eles estavam. O banheiro era perto. Rápido ela se levanta para retocar a maquiagem. Enquanto isso, ele liga para alguém pelo celular. Algumas palavras. Ele ri. E ri mais.

Manolo tinha me avisado. Me contado tudo. Ela era a terceira. Saiu do banheiro. O salto alto não lhe garantia prestígio. Sentou. Logo outro gole de vinho. Ele levantou o braço chamando o garçom. Queria mais vinho. Mais vinho.

Já escutei: *it doesn't make sense*. Mas esse tipo de história é assim, *doesn't make sense*. E é exatamente por isso que eu me meti nessa história. Já são vários casos. Todos com Manolo.

Manolo podia ser personagem de filme americano. Acho que essa profissão minha e de Manolo foi criada pelos filmes americanos. Não. Não foi um cineasta, nem foi um escritor. Foi o crime que inventou essa profissão. Mas não podemos perder tempo com isso. Não se pode perder tempo com nada. Eu tenho de prestar atenção nele, na garrafa de vinho, na moça. A terceira. Eu tenho de ficar com os olhos bem abertos. Como eu nasci.

E agora estou aqui vendo o homem fazer aquela pose, chamando o garçom, e, enquanto esperava o garçom, eu vi entrar outro casal no restaurante. O cara tinha um bigode. Detesto homens de bigode. Ele bigode e ela... uma bochecha falsa, um lábio falso, testa lisa demais para aquela idade. Tudo falso. Botox. Tudo falso.

Esse mundo me enjoa.

E, enquanto eu olhava aquele casal escolhendo a mesa para se sentarem, reparei que o homem estava pegando na mão da piranha. Ela tombou a cabeça, um sorriso, ele lhe disse algumas palavras, ela num outro sorriso. Manolo já tinha me passado tudo.

2

Quando eu nasci, minha mãe e meu pai existiam. Mas foi por pouco tempo. Oito anos eu tinha, tinha isso, oito anos. Eu estava sentada na varanda na nossa casa da serra, passando as férias com a minha avó. Eu estava sentada numa rede com a minha prima Juliana. Tínhamos passado a manhã na piscina, andado de bicicleta. Isso, de bicicleta. O terreno da casa era grande, era uma chácara. Tinha pomar. Mangueiras, jabuticabeiras, ameixeiras, e eu e Juliana gostávamos de ficar catando as frutas caídas no chão. Era época de jabuticaba. Mas, depois do almoço, eu e Juliana gostávamos de ficar na rede, na varanda, balançando na rede. Foi nessa hora que o telefone tocou. Foi nessa hora que eu ouvi os berros da vovó. Ela gritava alto. Eu não estava entendendo nada. Juliana também não. Mas foi nesse dia que meus pais que iam chegar na chácara não chegaram. Foi um caminhão. Um grande caminhão foi o que me disseram. De frente, ele estava na contramão. O carro do meu pai não era grande. O carro do meu pai não aguentou. Só sei que me tiraram da rede, me levaram para a sala, vovó subindo as escadas chorando, indo se arrumar, chamando pelo motorista para levá-la até lá. Até lá onde?, eu perguntei. E ninguém me respondeu, parecia que ninguém conseguia falar comigo, nem a Anastácia. Ela olhava com seus olhos negros para mim, enrolava as mãos no avental, franzia a testa, apertava os lábios e olhava para mim. Juliana não estava entendendo nada. Até que a vovó desceu as escadas com a bolsa na mão, sentou na cadeira com o olho muito inchado, me chamou, segurou as minhas duas mãos e falou. Eu tive de ficar ali. Ela ia até lá, mas eu não podia ir. Eu tive de ficar ali. Quando chegou a noite, a Anastácia subiu comigo e Juliana para irmos dormir. Vovó ainda não chegara. Anastácia acompanhou a gente colocar o pijama, escovar os dentes e deitar. Falou boa-noite e apagou a luz. Eu estou com medo, eu disse para a Juliana. Mas ela já não respondeu. Eu disse de novo: eu estou com medo. E a Juliana dormia. Passei a noite dizendo dentro de mim: eu estou com medo. Passei a noite sem ver um pingo de sono. Passei a noite de olhos bem abertos.

Eu tinha oito anos e fui morar com a minha avó. Foi ela quem ficou comigo. Tinha de ser ela. Eu não tinha mais ninguém. Minhas tias – eram duas — já tinham seus filhos, não cabia mais. Não teria lugar para mim. Na minha avó tinha um quarto, um banheiro só para mim. Meu avô tinha morrido fazia só um ano. De coração. Foi estúpido aquele ataque do coração. Minha avó disse. Ele estava assistindo ao jornal da TV. Ele via o jornal todos os dias, todos os dias ele falava grosso com quem conversasse na sala durante a hora do jornal, ele via assim o jornal da TV todos os dias e foi assim que um dia ele fez com se tivesse levado um susto, levantou o pescoço, fez um som como se fosse de susto e tombou a cabeça. Foi a última vez que ele tombou a cabeça. Minha avó tentou reanimá-lo, ela mesma. Boca com boca, pressão de suas mãos em seu peito. Mulher corajosa. Mas nada adiantou. Foi mesmo estúpido.

Ela perdeu o marido de mais de quarenta anos juntos e ano depois a filha, a mais nova, logo a filha mais nova. Um acidente estúpido. Por isso eu fui morar com a minha avó. Lá tinha quarto sobrando, banheiro sobrando, sala sobrando, uma casa com varanda no bairro da Urca.

Lembro bem do meu avô. Memória é uma coisa doida. Mesmo pequena eu via tudo. Sempre tive os olhos bem abertos, já disse, desde que nasci. O meu avô usava óculos, cabelos bem brancos e uma barriga que saía pelo cós das calças. Todo domingo eu, papai e mamãe íamos almoçar com o vovô e a vovó na casa da Urca. Vovô sempre na cabeceira da mesa pedia que eu sentasse ao seu lado direito e ficava me ensinando a comer usando a faca. Vovó, sentada em frente a mim, apreciava os meus movimentos. Papai puxava conversa, falavam muito ele e o vovô. Depois do almoço, vovô me levava para o seu escritório no fundo da casa, abria a gaveta, tirava uns papéis, um lápis e dava para eu desenhar enquanto ele lia. Mas a minha memória lembra mesmo é da gargalhada da minha mãe. Eu nunca vi mulher gargalhar daquele jeito. Ouvi muito ela gargalhar. Desde o berço.

Cresci ouvindo as gargalhadas da minha mãe. Muitas vezes a gente gargalhou. Sem parar. Ainda hoje gargalho sozinha só de lembrar das nossas gargalhadas.

Eu não fui ao enterro de meus pais. Não deixaram. Ainda bem. Seria difícil eu, ainda uma criança de oito anos, olhar o corpo de minha mãe frio, parado, sem gargalhar. Foi minha avó quem não deixou. Minha tia dizia que eu tinha de ver. Eu tinha de realizar a morte da minha mãe e do meu pai. Eu tinha de ver. Minha avó não deixou. Ela, a minha avó, não deixou. Eu não precisava mesmo ver. Realizar? Realizar o quê? Eles existem, sempre existirão. Lembro-me deles todos os dias. O cabelo preto de minha mãe passando dos ombros, dentes brancos, magra, calça *jeans* e camiseta branca, branca, branca. Ainda bem que minha avó não me levou ao enterro. Minha avó, minha guardiã.

Manolo nunca conheceu minha avó. Ele poderia tê-la conhecido, mas não quis. Não estava aqui para isso. Tem muita coisa para fazer. Corre como louco, luta para conter sabe-se lá o quê... E eu com ele a tentar, a tentar suplantar. Suplantar o quê?

Não sei. Só sei que, desde que nasci, sentia em mim uma força contida temendo rebentar, tentando se equilibrar à beira de um precipício. A constância dos dias e das noites, a hora do almoço e do jantar, a chegada de meu pai do trabalho, o beijo carinhoso de minha mãe, a sua alegria me colocando no colo para recebê-lo. Tinha a vida assim e ainda uma casa na serra onde eu e minha prima ficávamos vendo as borboletas seguirem um trajeto que as levava de uma flor para outra, num voo suave que nem o vento conseguia perturbar. À tarde vinha o bolo com suco, a brincadeira com o *Fon-Fon*, atirando inúmeras vezes a bola para fazê-lo buscar e nos trazer até a língua de fora não aguentar mais. E éramos tão crianças que gostávamos quando à noite minha avó vinha nos contar uma história. Pouco importa que história fosse, eu e minha prima sempre pedíamos que ela contasse novamente. E repetisse, repetisse mais uma vez, uma forma mágica de conter o tempo.

E era justamente essa sensação de alegria que me inquietava, como se eu sentisse por antecipação que nada daquilo poderia durar para sempre.

E foi Manolo quem me ensinou. Ensinou que a vida existe na iminência, sempre no estado da iminência de um mal súbito, uma catástrofe, um acidente. A vida é um acidente, a morte é um acidente. Isso Manolo me ensinou e por isso estou com Manolo.

A moça, o jantar, o vinho. Vinho branco. Ele olhando a moça. O garçom vindo servi-lo. Mais vinho. Eu na mesa olhando.

Ela era a terceira. As outras duas Manolo viu. E me contou. Agora a bola estava comigo. Eu tinha de estar com os olhos bem abertos.

It doesn't make sense. Mas nada é normal. Se fosse normal não existiria esse meu trabalho. Por que eu o escolhi? Porque é no mundo do escárnio que a vida se apresenta. Na sua forma mais crua. Lido com pessoas que para elas nada importa, nada vale. Nada. Nem viver, nem morrer. E eu vendo o casal. Ela querendo o homem, ela querendo se aproveitar do dinheiro do homem, fará de tudo para poder viver com o dinheiro do homem. Prostituta. Nesse mundo sempre tem uma prostituta, de diversas categorias, da classe A à classe D. Essa dali não me parece classe A. Classe A a gente vê pela pele, pelo jeito do cabelo. Essa daí finge ser classe A, mas não é. Eu sei que não é. Ela pôs uma roupa classe A, comprou a bolsa que só as mulheres de classe A usam, colocou o salto alto, fez a maquiagem no cabeleireiro só porque ia sair com um cara como esse. Ela se fantasiou de classe A. Mas ela não é dessa classe. A gente sente no jeito de segurar o garfo. Ainda se atrapalha um pouco. Mas ele está se mostrando interessado nela. Ele mostra os dentes, faz cara de quem está elogiando os seus olhos. Mas o Manolo tinha me dito. Ela é a terceira. E eu tenho de me concentrar, ver bem, ficar com os meus olhos bem abertos.

Ele pediu outra garrafa de vinho e a mulher se levantou novamente para ir ao banheiro. Desta vez, resolvi ir atrás. Ela entrou no boxe da privada e eu fiquei no outro ao lado. Ela usou o celular.

— Caramba! Ele é bárbaro — ela disse. — Tomamos champanhe. Menina, ele está no papo.

Ouvi essa conversa. Saí dali e fiquei me maquiando diante do espelho até ela sair. Seu rosto estava animado, era nítido. Ela abriu sua bolsa, tirou um batom. Vermelho vivo. Uma base usou para disfarçar as olheiras. Escova. Seus cabelos encaracolados ficaram mais encaracolados. Saiu do banheiro.

Eu liguei para o Manolo.

— E como vai ser depois deles saírem do restaurante? — perguntei.

Manolo já tinha tudo organizado. Era só esperar.

3

Não é difícil entender por que eu entrei nesta profissão. Tendo eu nascido como nasci, tendo eu tido a minha história. Às vezes eu paro para pensar. Apesar de viver num tempo em que não se para muito para pensar, eu ainda gosto de parar para pensar. Não há celular, não há computador, não há aparelho eletrônico nenhum que venha apagar o que a minha memória instantaneamente me faz sentir. Nada consegue apagar o que minha memória traz num momento em que vejo um acidente de carro, no momento em que ouço uma gargalhada de mulher. Nunca igual à da minha mãe. A cabeça da gente é uma coisa doida, os pensamentos, eles vêm de repente. E me pegam como se eu não tivesse o menor controle sobre eles, me trazendo lembranças, situações.

Na casa da minha avó havia um lugar em que eu gostava muito de ficar. Era no escritório do meu avô. Tinha livro por todo canto, tinha livro de todo jeito. Ele foi advogado e se interessava por todo tipo de assunto. Mesmo não lendo todos aqueles livros, eu gostava de ficar ali com aqueles livros. Alguns eu li. E lendo eu ficava sozinha. Pensava sozinha, cada vez mais sozinha. Desde muito pequena eu gostava de ficar lá. E minha avó me deixava lá o tempo que eu quisesse. Minha avó era uma mulher paciente, o tempo vinha querendo empurrá-la, mas ela não ia. Fazia o que tinha de fazer sabendo o que estava fazendo e da maneira que achava que tinha de ser feito. Tinha um olhar firme, um silêncio impenetrável. Eu observava muito o seu silêncio. Não era na hora do almoço, não era na hora do jantar. Momentos em que ela me perguntava do colégio, contava fatos dos primos, da Anastácia, e ríamos. Ela também gostava de rir. Mas havia um silêncio. Sei que sem esse silêncio ela não teria sobrevivido.

Quando vim para a sua casa morar, ela vivia a tristeza. Disfarçar a sua tristeza seria falso. Ela me abraçava, abraçava muito forte. Em silêncio. Eu só sentia o seu abraço. E pegava nela também, a apertava o quanto eu podia. E ali ela sorria mesmo tendo uma lágrima correndo no rosto. E me abraçava mais forte. Eu sentia o cheiro de sua colônia no pescoço e de repente ela dizia, "vamos tomar um sorvete?". Não há nada melhor para uma criança do que um sorvete. E eu preferia o de creme, mais que chocolate. Pegava a colher e mexia até ele ficar pastoso. Assim que eu gostava. Mania da vovó era outra: misturar café solúvel no sorvete de creme e mexer. Virava sorvete de café.

Meu pai gostava muito de café. Isso quem contava era a minha outra avó. Ela falava muito do meu pai. Como ela gostava de contar as histórias do meu pai. Dizia que ele tinha sido levado por Deus e se Deus quis assim, era assim que tinha de ser. Eu ficava olhando o rosto dela falando de Deus e me perguntando no fundo do meu pensamento se esse Deus tinha pensado em mim, pensado que eu ia ficar aqui sem meu pai. Agora nada disso importa, agora que já não sou mais criança e que tive pai por muito pouco tempo. E ela vivia para o meu pai, todo dia que eu a encontrava, bastava ela ver o meu rosto para soltar todas as histórias do meu pai. Que ele era muito levado, o mais velho dos filhos, arrumava briga o tempo todo. E vivia arrebentado: quebrou braço, quebrou perna, tinha uma cicatriz feia na testa de uma vez que caiu do muro do vizinho. Eu gosto de saber. Saber sobre ele, sobre o café. Café forte era o que ele gostava. Tomava muito e depois fumava. Acendia um cigarro logo depois do café. Eu gosto do cheiro do cigarro por causa do meu pai. Eu gosto de cheiro de café por causa do meu pai. Eu gosto de homem que toma café forte por causa do meu pai.

Manolo toma sem açúcar, sem nada. Gosta de café puro e forte. O seu escritório tem uma máquina de café italiana. Fica na Avenida Rio Branco, no Centro. Prédio com catraca na portaria, sistema de câmera de vigilância no elevador, nos corredores. Tudo. Quando eu estive lá pela primeira vez fiquei encantada com a vista da sua sala. Baía de Guanabara inteira, Ponte Rio-Niterói, aviões chegando ao aeroporto. Um céu enorme. Sentei no sofá de couro marrom, ele me trouxe um café. Açúcar ou adoçante? Sem nada, eu disse.

Ele precisava de uma mulher. No seu trabalho seria bom ter uma mulher. Advogada como eu, advogada criminalista, experiência em investigação, todo tipo de investigação. Seria bom trabalhar com uma mulher, ele disse.

Manolo tem um costume: de fechar os dedos em punho dentro da palma da mão e apoiar o queixo. Quadrado, ele tem um queixo quadrado. Quando fala é com a sua mão. Mão aberta, grande. Foi a sua mão. Se eu disser que foi a sua mão. A sua mão que me pegou. E ali mesmo, depois do café forte que ele fez para mim, eu decidi. Eu tinha de ficar com o Manolo. São coisas que a gente sente. Parece uma voz. Não adianta fugir. Isso eu aprendi. Acho que foi a minha avó quem me ensinou. Nunca me disse nada, mas ela me ensinou. Não adianta fugir. Foi assim que eu vi que eu tinha de ficar com o Manolo.

4

Meu primeiro trabalho: um caso clássico. Suborno. Eu tinha de chegar ao DVD. Manolo já estava cansado desses casos. *C'est tout la même chose*: o cara chega ao escritório, a secretária anuncia a chegada do cliente, Manolo permite que entre na sala, Manolo o recebe de pé.

— Acho que não preciso me apresentar — diz o sujeito num ar altivo.

— Eu leio jornal todos os dias — responde Manolo ironicamente se referindo às vezes que vira as suas fotos na mídia.

Sentam-se à mesa de reunião.

— Então. Conheço o seu trabalho e acho que você é o único que poderá me tirar dessa fria. Não quero polícia envolvida. Seria um escândalo.

Manolo respondia com frases feitas. Repetição. Casos elementares são sempre repetição.

— Não me importa quanto você vai me cobrar, continuou o sujeito. — Eu preciso do DVD em minhas mãos.

— Mais um caso de veado enrustido — disse Manolo quando cheguei ao escritório. Eu tinha pegado um trânsito insano na chegada à cidade por causa de uma passeata dos bancários reivindicando aumento de salário e segurança de emprego. Segurança. Certezas e segurança, temas que não se encaixam mais no século XXI. Manolo me fez aquele seu café.

— Bem, o cara teve uma transa com um garotão, e o filho da puta filmou tudo. Agora está pedindo uma grana para ele não divulgar na internet. O homem está apavorado. Quer pagar, mas precisa de garantia que o cara não vai usar o filme.

— Mas que ideia, cair nas mãos de um garotão? — eu disse.

— Minha cara, transgredir é uma tentação. E, quando o sujeito tem dinheiro demais, essa necessidade aumenta. Ele já botou a mão em tudo. Teve as amantes que quis, tem uma mulher que aceita qualquer combinação para não largar a vida confortável que ele lhe dá, seus negócios já andam sozinhos, e ele ganha cada dia mais dinheiro. A vida vai ficando sem graça.

Manolo. Ouvi-lo dizer isso. Manolo não tinha uma vida sem graça. Em nada.

Eu já disse que costumo parar para pensar. Tem coisas que ficam na minha cabeça. Mesmo deixando o Manolo no seu escritório, mesmo tomando um elevador cheio de executivos e executivas, chegando à portaria e saindo na Avenida Rio Branco, parando junto de um bando de gente esperando o sinal fechar, andando, fazendo com que meus pés acompanhem o ritmo frenético de quem anda no centro da cidade, mesmo assim, vem. O pensamento não avisa. O que faz aquele homem pensar que sua vida é sem graça? O que faz um homem estar sempre buscando outras coisas mais do que as boas que já tem? Minha avó dizia que dentro do homem existe uma vontade esquisita que mulher quase não tem. Vovó não tinha feito faculdade, mas inteligência ela tinha e aproveitava os livros do escritório do vovô. Leu muito sobre tudo: sobre a evolução da humanidade desde os primitivos. Ela queria entender. Não era qualquer coisa que acreditava, não era qualquer linha que a convencia. Eu a via lendo, sentada na *bergère* lendo. E parece que ela achava o que procurava. Tinha vezes que eu chegava tarde. Saía da faculdade e ia tomar chope com o pessoal. Ela sabia que eu ia chegar tarde porque eu avisava. Depois de algumas besteiras que fiz, me fez entender que ela precisava que eu avisasse. E certas vezes em que cheguei tarde, ela estava lá, na *bergère*, lendo. Dostoievski, ela adorava ler Dostoievski. E relia. *O Eterno Marido, Os Irmãos Karamázov, A Mulher Alheia, Os Demônios, Crime e Castigo*. Foi por isso que eu li Dostoievski. Acho que se eu não lesse Dostoievski minha avó não iria me querer mais. Foi nessa época, quando eu fazia a faculdade, que fui ler Dostoievski. "Antes de mais nada, ama-te a ti próprio, porque tudo no mundo está baseado no interesse pessoal", diz o personagem Pietróvitch em *Crime e Castigo*, contradizendo a doutrina cristã "ama o teu próximo acima de todas as coisas". Dostoievski era homem e homem pensa assim. Já disse que vovó me dizia que homem tem vontades esquisitas que mulher quase não tem. E pensa coisas que mulher quase não pensa. Eu estava estudando Direito, Penal e Criminal. Na história da humanidade, os crimes na maioria são cometidos pelos homens. Os homens são os criminosos da História. Vovó gostava quando eu lhe falava sobre essas coisas. O estuprador. Não existe na ortografia brasileira a forma feminina para quem comete um estupro. Não existe na História mulher que tenha abusado de um homem. E todas essas coisas vieram à minha cabeça enquanto eu andei até o estacionamento na Cinelândia, enquanto eu paguei o estacionamento da Cinelândia. Só porque eu ouvi o Manolo falar do sujeito que o procurou para a gente tentar livrar a barra dele, o sujeito que sentia a sua vida sem graça. Liguei o carro e segui. Entrei no Aterro. Dirigir no Aterro sempre me faz pensar muito.

Manolo já tinha descoberto que o garotão fazia aula numa academia. Mista. Eu me inscrevi na academia. Eu descobri qual era o horário que o garotão frequentava. Olhei a cara dele. Fazia comercial na tevê. Como são os homens. Um sujeito de meia-idade, rico, casado, filhos, conhecido nos meios empresariais das duas maiores cidades do país, se envolve com um menino-propaganda. E já não era tão menino assim. Eu fazia abdominal, enquanto ele fazia a série de *pulley*. Ele entrou no vestiário dos homens.

— Manolo, acho que esse caso não é para mim. É mais fácil para você. Quando ele entrou no vestiário masculino, eu fiquei sem ação.

— Ora bolas, eu já te dei os meios a que você pode recorrer. Se vira.

Duro. Manolo foi duro comigo. Suavidade não era uma característica em Manolo. A palavra lhe vinha como punhal e ele falava. As palavras se tornam mais eficazes quando pronunciadas sem volteios. Aprendi isso na faculdade. O uso da palavra, na defesa ou acusação, é que move a ação, seja para o bem ou para o mal. Estudar Direito me ensinou muitas coisas. A palavra é cruel. Aprendi a não sofrer com isso.

E ele tinha razão. Eu tinha de me virar. Só assim eu iria aprender.

Manolo me conseguira uma permissão que me dava direitos. Na secretaria da academia consegui as informações necessárias a respeito do garoto-propaganda. E consegui persegui-lo. Ele frequentava bares *gays*, boates e uma sauna no Jardim Botânico. Era lá que o sujeito rico o conheceu. Foi lá que o garotão de propaganda de tevê exercia, concomitantemente, a profissão de garoto de programa.

Consegui pelas câmeras de vigilância da sauna o momento em que saíram de lá, no carro do empresário. Pelo carro do empresário o garoto-propaganda sentiu o quanto o seu cliente deveria ter em sua conta bancária.

Investigar, ir à busca. Devassar. Gosto disso. Há situações de investigação em que ser mulher tem muitas vantagens. Fiquei atrás do garoto-propaganda de programa sem ele se dar conta. De mulher não desconfiam. Fotografei-o com meu celular, consegui gravar suas conversas enquanto tomava seus atenuantes de sede no bar da academia. As conversas. Foram algumas conversas e numa delas ele mesmo se denunciava contando para alguém que estava chantageando um bacana. E eu descobri mais: vendia droga no seu apartamento, um dois-quartos no Leblon.

Tive de chamar o Evandro. Ele era fundamental nessas horas. Amigo de Manolo dos tempos de menino, delegado. E delegado prende. Entrou com mandado de segurança, revistou a casa do garoto-propaganda de programa. Cocaína até no tubo de pasta de dentes. Vasculhou o computador, o *laptop*. Recolheu todos os CDs. E DVDs. Lá estava a gravação com o nosso cliente. Corpo forte, mas já caído. Muito pelo no peito, o garoto não, o garoto depilava tudo, todos os pelos.

— Cuidado com esses caras. Garoto de programa... eles matam — disse Manolo sentado à sua mesa do escritório, enquanto recebia seus honorários da mão do empresário Um gole no café.

5

Trabalhar com Manolo é como assistir a um filme policial. O tempo não para, ação o tempo todo, a cabeça não para. Mas eu preciso parar. Já disse que eu preciso parar para pensar. Manolo usa três celulares e fala nos três ao mesmo tempo. Eu tenho dois e já é muito para mim. Não ficamos muito no escritório. Não dá. Nosso trabalho é investigação: filmagens secretas, varreduras em linhas telefônicas, coordenar os instaladores de programa de monitoramento de computadores, rua. E são muitos casos, não para de ter casos dos mais variados possíveis. Infidelidade conjugal são os mais comuns.

A mulher chega ao escritório pedindo ajuda para flagrar o marido. Manolo a recebe, ela entra, ele se levanta para puxar a cadeira para ela sentar. Ela agradece e senta. Está de saia. Oferece-lhe um café. Ela aceita. Ele vai pessoalmente até a sua máquina.

— Fazemos um café especial para nossos clientes. Eu tenho um verdadeiro apreço pela arte de fazer café. Compro o grão, e o café é moído na hora — ele diz.

Eu olho a mulher e vejo seus olhos inteiramente absorvidos pelos gestos de Manolo. Ele de terno e gravata, sua barba grisalha, seu porte magro – ele é muito vaidoso, caminha todos os dias, parou com as corridas por indicação médica, alimentação moderada, salvo as bebidas. Eu olho a mulher. Ele termina e traz a xícara, entregando-a olhando para o seu olho.

— O que a traz aqui — ele pergunta. Como se não soubesse.

— É meu marido — uma voz baixa, exalando insegurança.

E Manolo muda o ritmo de suas frases, o seu olhar, aproveitando a fragilidade da mulher. Há um traço em Manolo que eu abomino: sua descontrolada voracidade quando vê uma mulher sozinha. Parece obrigação, ele tem de abordá-la. Sua geração teve esta formação: tem de seduzir senão é considerado veado. A humanidade pouco evolui. Não sei se foram todas, mas com quase todas Manolo teve um caso.

Eu sentindo o jeito da mulher. Tinha sido traída. Uma rejeição. A mulher se sente como jogada na lata de lixo. E vem um homem puxando a cadeira para ela se sentar, dando ouvidos às suas lamentações, fazendo galanteios. Não é fácil resistir. Mulher é muito vulnerável. Manolo sabe disso e aproveita.

Nesses casos, é simples. Perseguir o sujeito, colher as imagens com a sua amante. As conversas gravadas. Não precisa de muito material para constatar. Mulher que nesses casos recorre a detetives é porque sabe que o marido é canalha.

Mas esse caso teve um dado diferente. Como disse, Manolo conseguiu levar a mulher para jantar para depois "conhecê-la melhor". A mulher, doida para ser seduzida, doida para ter o gostinho de também estar traindo o marido. Na hora da cama, Manolo soube da mulher que o marido aproveitava o escritório para sonegação de impostos. Era nisso que ele ganhava dinheiro, ela disse. Canalha, eu falei. Esse mundo me enjoa.

E aí eu tive de entrar. Descobrir com que trabalha. No caso, este tinha um escritório de marketing e desenvolvimento de negócios. Pesquisei na internet.

Estamos localizados na cidade do Rio de Janeiro, mas atuamos em todo o país. Sinta-se à vontade para entrar em contato. Será um imenso prazer conversar sobre suas necessidades e sobre como a nossa empresa poderá atendê-las. Se preferir, entre em contato diretamente. Telefone/Fax e e-mail.

A secretária atendeu. Eu lhe disse que estava criando uma empresa para realização de eventos, seminários etc. e precisava do apoio da empresa. Eu disse que tinha tido a indicação do nome... E disse o nome do sujeito. Ela pediu que eu esperasse na linha. Veio ele: um timbre grosso na voz, um falar empolado.

Foi marcado um encontro no seu escritório. A roupa que eu iria vestir qualquer mulher saberia. Saia: sempre é melhor ir de saia. Dependendo do tempo, uma meia preta cai bem. Salto alto. Nunca baixo. Salto baixo não favorece a postura. O alto torneia mais as pernas, impõe um andar sofisticado. Um decote em "vê" generoso. Vestida assim, um cabelo ajustado, toques de maquiagem no olho, reforço no desenho da boca. Essas armas são infalíveis. Não adianta querer negar, mulher tem esses meios, e na minha profissão funciona bem. Os homens, não, eles se vestem como túmulos: ternos, pouco ornamentos, trajes que apagam o corpo.

E, quando se sentou à minha frente, bastou ele falar "o que a trouxe aqui?" e eu disse com uma voz melosa, meio sorriso nos lábios. "Bem, eu estou montando uma firma de eventos e soube que você é bom nisso." E, quando eu disse "você", foi proposital. Atingi-lo na sua pessoalidade, na sua vaidade, faria com que ele entrasse no meu jogo mais facilmente. Se eu dissesse "sua empresa", ele não teria usado a voz que passou a usar. Eu mudei a minha posição na cadeira cruzando as pernas. Ele se debruçou levemente sobre a mesa.

A conversa se estendeu. Café, água, eu usando certos olhares, truques com a boca, vendo seu rosto sendo ludibriado. Homem é bobo. O convite veio rápido. Marcamos de ir a um evento que ele organizara. Ele se ofereceu a me buscar, mas eu não aceitei. Encontramo-nos no MAM e ele não estava acompanhado da esposa. E reparei: não usava a aliança de casado. Enquanto caminhávamos, garçons servindo champanhe, eu aceitando e sentindo-o colocar as mãos na minha cintura. Eu disfarçava. Ele não me atraía em nada.

O garçom serviu-me mais, e ele, animado, me fez o convite. Uma voz asquerosa dizendo que tinha um apartamento com champanhe na geladeira, nós poderíamos continuar lá. Calma, ainda é cedo, eu disse e o arrastei para junto da mureta. Fiz uma voz melosa, relatando a minha preocupação com impostos, afinal a minha firma era pequena e fui direta perguntando como ele fazia para não declarar o ganho absoluto de seus trabalhos. E ele não tropeçou na fala, nem reparou quando eu liguei o meu celular e gravei.

Nesse mundo do escárnio em que lido, muita coisa não faz sentido. Eu me apresentar querendo uma consultoria e ele não me pedir nada, documento nenhum? *It doesn't make sense.* Mas eu sou mulher. Como eu consegui os nomes? Mulher consegue tudo. Todos os nomes dos envolvidos na trama. Tinha gente grande, chumbo grosso, deputado e dono de banco.

Manolo adorou. Cansado da impunidade neste país, achava que conter essas pequenas malandragens era uma maneira de a gente tentar estabelecer a ética.

— Num certo sentido, temos um compromisso de lutar contra o crime — ele disse. — Há muita bandidagem neste país. A carga tributária é alta porque os ricos não pagam e o volume dos que pagam não é suficiente. Não há fiscalização decente para o controle da sonegação.

Manolo falava de um jeito, parecia meu avô. Eu nunca ouvi meu avô falar essas coisas, mas àquela hora, Manolo saboreando o café, sentado à sua mesa, eu sentada na cadeira em frente, eu senti como se ele fosse o meu avô. Vovô dava aulas na Faculdade de Direito e gostava de política. Conheceu os integrantes do movimento tenentista, acompanhou o processo da instalação do governo getulista. E à medida que eu fui estudando Direito, mais conheci o meu avô. Era da corrente socialista, junto com Sobral Pinto e Evandro Lins e Silva. Instaurado o regime militar, vovô julgou pedidos de *habeas corpus* em favor dos presos políticos. Foi cassado.

— A lavagem, a sonegação, não deveriam ocorrer se houvesse um sistema de fiscalização e punição que funcionasse. Isso bate nos cofres públicos e os que pagam impostos vão pagar pelos que fazem sonegação. Fico puto com isso — continuou Manolo. — O problema é esse: impunidade. E cabe a nós, você e eu trabalharmos muito. As universidades não ensinam a investigação, não há nenhuma disciplina que ensine os critérios científicos da investigação. Isso fica a cargo da Polícia Civil, mas, nesse ponto, a formação dos que trabalham na Polícia ainda é muito precária. Por isso eu te digo: nosso trabalho é fundamental para destrinchar essas bandidagens. Você está de parabéns. Conseguimos desmascarar essa gangue. Esse salafrário.

Eu ouvindo Manolo. O que somos? Nossa função qual é? É desvendar o crime, a chantagem, o adultério? Restabelecer a ordem? Mas que ordem? Os critérios estão tão voláteis. Tudo está tão volátil. Eu? Quem sou? O que tenho? O que quero?

6

Eu vivo neste mundo, eu e Manolo. Um mundo de luz e sombra, de uma moral maniqueísta, um mundo cínico. Por isso eu tenho de estar de olhos bem abertos, por isso eu tenho de pensar. Viver cada momento reflexivamente.

São muitos registros. O que eu vivo com o Manolo me confunde. As histórias se parecem, as histórias se repetem, me dando uma visão inquieta do que se passa, do tempo em que estamos. E Manolo falava do homem que sonegava os impostos e eu por um momento fiquei sem saber qual deles.

São muitos casos que surgiram para o Manolo deste tipo. Sua carreira é assim. Toda carreira é assim, sempre se repete. Aquela história da piranha no restaurante jantando com o homem. Era a terceira. Como as outras, ela o envolveria com sua sensualidade, contaria que estava precisando de dinheiro para alguma história falsa – uma doença falsa da mãe, um problema falso com o filho –, qualquer coisa assim, bem sentimental, que a fizesse conseguir extorquir uma quantia alta do homem. Mas dessa vez o cara contratou o Manolo para averiguar. Bastou eu ficar de olhos abertos no restaurante, fazer fotos no celular. Foi um caso dos mais simples.

E depois daquela conversa com o Manolo, depois de ouvi-lo falar revoltado da impunidade dos casos de sonegação, eu fui caminhando para pegar o meu carro na garagem, ainda carregada da imagem do meu avô. O seu retrato no seu escritório. A sua cara me olhando enquanto eu lia os seus escritos, a sua cara me olhando quando eu ficava lá estudando com o Emílio. Ele era da minha faculdade. Emílio. Moreno de olhos verdes. Mãos grandes e macias. Emílio.

Minha avó gostava de Emílio. Pouco se importava de seus cabelos serem muito longos. Apreciava a sua escolha pela faculdade de Direito. "Acho linda essa profissão", ela dizia, e convidava-o para jantar, morangos com creme na sobremesa. Café. Emílio gostava muito do café que Anastácia servia. E levantávamos da mesa, víamos o jornal na TV e, quando começava a novela, pedíamos licença à vovó e íamos para o escritório do vovô. Longe da sala, nos fundos da casa. Vovó nessas horas não ia lá. Vovó ficava na sala. Vovó deixava eu ficar o quanto eu quisesse naquele escritório com o Emílio. E foi no sofá do escritório que eu e Emílio. Foi assim, com o retrato do meu avô vendo tudo. Eu beijando o Emílio, ele com suas mãos grandes subindo pelo meu corpo, tirando o meu sutiã, pegando no meu peito. As roupas, largamos no chão. Os livros em volta e eu por querer tanto Emílio, beijando Emílio. Eu queria muito. Queria muito. Foi ali, com o meu avô vendo tudo.

Rodei a chave e saí da garagem. Os carros parados no sinal da Avenida Rio Branco no final de tarde, a luminosidade do dia se esvaindo. E, quando eu cheguei em casa, tirei a sandália que me cansava os pés. Mudei a minha roupa e preparei um uísque. Tinha recado na secretária eletrônica. Era o Caio. Queria me ver. Caio é discreto, não liga para o meu celular. Ele sabe. Tem situações que não posso me distrair, desligo tudo. Caio quer me ver. Um gole no uísque. Talvez seja bom estar com o Caio. Lembrei-me de Simone dizendo: homem faz bem. Mas quando Simone dizia isto ela só estava pensando numa coisa. A voz de Caio na secretária me fez pensar nessa coisa. Fazia dois anos que eu me encontrava com o Caio. Eu não sirvo para o Caio, mas ele não consegue me deixar. Eu disse a ele que eu não quero casar, não quero ter filhos, "Eu não sou mulher para você", já disse isso a ele inúmeras vezes. Parece que não se convence. Mais um gole no uísque. Azar o dele. Peguei o telefone e liguei para o Caio.

7

Simone foi minha professora na faculdade. Ótima professora. Direito Civil era o seu assunto. Falava firme, os olhos muito vivos. Suas ideias levavam meus pensamentos a um estado de intensa excitação. O que me atraía não eram as discussões sobre as regras e princípios que regulam as relações entre as pessoas físicas e jurídicas, mas a maneira como ela nos levava a praticar o exercício do pensamento. Pensar não é um ato natural, pensar é um esforço, ela dizia.

Me aproximei de Simone. Foi o café. Final de suas aulas, íamos tomar café. Simone também gosta de café forte e sem nada. E foi nessa idade que eu passei a tomar café sem açúcar, sequer adoçante. Conforme a conversa, sentadas ali, no bar da faculdade, era um, eram dois, às vezes três expressos. Atraía-me o seu acervo de conhecimentos múltiplos. A atraía a minha curiosidade. Relacionamentos são feitos de trocas, enquanto duram as trocas. É soma, aumento.

Simone passou a gerir as normas e princípios da minha vida. Ao mesmo tempo que vovó começou a trocar frases, a esquecer palavras, Simone foi tomando um lugar. Eu precisava. Minha avó tudo me dera. Tudo. Em palavras, em silêncios, em gestos. Foi o maior amor que eu conheci. Amor calcado na devoção. Devoção ao meu avô que gerou com ela a minha mãe, devoção às filhas, devoção à minha mãe, devoção a mim. Foi esse amor que eu aprendi. Mas o mundo em que eu vivo não é assim, não é o mundo que conheci dentro da casa da minha avó. O mundo em que vivo não sabe o que é devoção, zelo, agrado. O mundo em que vivo briga o tempo todo. Compete. Cada um por si.

Por isso eu tenho essa profissão, por isso, quando eu fui ouvir Manolo no seu escritório, quando ele falou que queria que eu trabalhasse com ele, eu senti dentro de mim. Não dava para fugir. Desde que nasci acho que eu já sabia. Eu acho que já sabia que não teria a minha mãe por muito tempo, eu já sabia que eu seria sozinha, que eu teria de me virar sozinha. É isso que sou. E é isso que fez com que ficasse com o Manolo. Aqui no Rio de Janeiro.

Quando eu nasci eu não sabia onde estava nascendo eu não sabia que na minha certidão de nascimento viria escrito Rio de Janeiro. Rio de Janeiro é louco. Louca. O Rio é mulher. Curvas das praias, curvas das montanhas. O Rio é mulher. Artistas, poetas, músicos, cineastas, escritores, fotógrafos, todos querem viver no Rio. Rio de Janeiro é prazer e tormento. E é aqui que todo dia acontece um crime, estelionato, fraude, extorsão. É aqui que a vida se mostra da maneira mais crua. E é isso que aflige o Manolo. Mas ele nem sabe. Ele não para para pensar. Vive tentando desvendar todos os casos de chantagem, receptação, contrabando. Uma terra sem lei, uma cidade de mar aberto, entrada de piratas, negociantes de escravos, estelionatários, o Rio de Janeiro abarcou todos eles. E todos eles ainda vivem aqui.

Mas eu não aguento. Está na hora disso acabar. Chega! *Impunitas peccandi illecebra.* Impunidade estimula delinquência. Por isso eu quis estudar Direito, por isso me especializei em Direito Criminal. Dar cabo disso. Ficar de olhos abertos. Denunciar. A minha revolução é essa.

8

Eu estava já na casa do Caio. Bebíamos um vinho, um peixe com espinafre e cenouras. Não como arroz. E, enquanto ele me servia de mais uma taça de vinho, meu celular tocou. Era o Manolo. E ele começou a falar, começou a contar um caso novo. Mas não era novo. Ou era? E eu não sei explicar.

São muitos casos. Disse para Manolo que estaria cedo no escritório e desliguei. Caio na minha frente. Falava. Eu gosto do seu jeito de falar. Eu gosto do que ele me fala. Seu negócio é arquitetura: projetos de lojas, restaurantes, escritórios, e, quando desanda a falar desse assunto, ninguém segura. Fala mal de colegas que copiam, literalmente copiam o projeto dos outros. Reclama da falta de oportunidade para os grandes projetos realizados no Rio, Oscar Niemeyer ainda ocupa o lugar, ele diz. E nós, por que não vêm a nós? Caio reclama, é a sua maneira de dar conta das suas frustrações. Quisera ter um escritório maior, quisera ter seu nome mais valorizado na mídia. E eu ouço sem fazer comentários. Comentários às vezes não levam a nada.

Dormi na casa do Caio. Sua cama *king size* me deixa ficar bem à vontade. Meu canto é junto ao banheiro porque eu me levanto toda noite para ir ao banheiro. Caio, não. Dorme demais e gosta só da sua cama. Poucas vezes dormiu na minha. Mas eu resolvi deixar pra lá. E toda semana eu venho à sua casa e durmo na sua cama. E, quando eu acordo, Caio ainda não acordou. Ele não gosta de acordar cedo. Põe o despertador, mas mesmo com o despertador ele custa a levantar. Eu, não. Espero por ele, fico na cama de olhos abertos esperando que ele acorde. E nesse dia eu não pude mais esperar, tive de levantar porque Manolo me esperava no escritório.

Não era nada fácil. Manolo tinha sido chamado para desvendar um caso ligado a uma grande cadeia de churrascarias que atuava no Rio, São Paulo, Nova York e Los Angeles. O sujeito estava sofrendo uma chantagem para não serem reveladas as suas articulações, os seus sócios laranja. A bandidagem era grande. Tinha sócio com nome de Severino Pereira da Silva. No Brasil, devem existir trezentos mil sujeitos com esse nome. O mais conhecido foi um megaempresário pernambucano dono de um complexo de indústrias têxteis e de cimento. Mas esse já morreu faz tempo. Um café. Manolo me trouxe um café.

— Bem, então eu queria que você se aproximasse desse cara.

E, ao me ver de pé junto à janela, me lançou aquele seu olhar peculiar e disse:

— Aliás, você está em muito boa forma, sabia?

Manolo insistia. Quando houve algo entre nós, eu era outra. Naquele tempo, subia em mim, pelo sangue, um desejo de conhecer, experimentar, ir além de mim. E muitos homens me serviram. Naquele momento, tudo era excitante. O novo ramo profissional que eu estava começando era excitante. Muito excitante. Adrenalina correndo pelas veias sem me deixar parar, sem eu conseguir me desligar. E estar com Manolo, deitar com ele, ficar pelada ao seu lado na sua cama enquanto ele fumava a sua cigarrilha era um prolongamento do nosso trabalho, fazia parte, sei lá.

Agora, não. Algo me retém, não me abro mais com aquela impetuosidade. Passou. Não acho mais graça. O excesso vulgariza. Os limites vão ficando cada vez mais demarcados.

E Manolo fica doido para saber se eu, nas minhas investigações, aproveitei o meu corpo para agilizar o processo de encontrar as provas. Fica doido para saber, chega a me perguntar diretamente. Homem tem muita preocupação com isto, homem só pensa nisto quando o fato envolve uma mulher e um homem. Eu gosto de atender à curiosidade do Manolo. Deixo-o doido, alimentando as maiores fantasias. Chego a fingir, dando a entender que sim, tudo para vê-lo completamente absorvido pela sua própria curiosidade. Homem é assim, parece que estão todos num campeonato. Campeonato de performance. Com quantos paus se faz uma canoa? Eu sei que eu estou ali para usar deste meio, para seduzir com o intuito de conduzir com mais rapidez ao encontro das provas. Eu sei seduzir. Faço o jogo necessário. Na hora agá, eu pulo fora. Por homens assim eu sinto asco. Repúdio.

Só houve uma vez. Ele era um traficante de cocaína boliviano. Tinha uma fazenda onde plantava maconha também. Fazia negócios com a nata de fazendeiros e empresários de Mato Grosso, Goiás, Rio e São Paulo. E exportavam. Tinha político envolvido. Dinheiro fácil e grande. Brasileiro gosta é disso. São séculos de formação de uma cultura voltada para o "se dar bem", ganhar muito dinheiro em pouco tempo e esconder o dinheiro em bancos estrangeiros. E a lei sempre escamoteando. Manolo ficou excitadíssimo com o caso. Não era simples. Envolvia muita gente. Uma máfia. Evandro teve de entrar na história. Mas tudo tinha de ser feito no sigilo. A quadrilha era de profissionais. Os negócios eram feitos em Ouro Preto, cidade pacata na maior parte do ano, não era visada. Eu tive que ir lá, para Ouro Preto. Foi traçado um plano e eu teria de me aproximar do boliviano e tirar dele o máximo de informação quanto à prática da quadrilha. Conseguimos saber o nome do hotel e lá me hospedei. Já no café da manhã: ele sentado a uma mesa acompanhado do parceiro. Os dois me olharam. Homem se inquieta quando vê uma mulher sozinha hospedada num hotel. Eu lancei olhares e bocas de curiosidade. Ele sorriu com o canto direito da boca. Em momentos nos cruzamos na cidade, na Praça Tiradentes, no Museu da Inconfidência, nas lojas de artigos de pedra-sabão e toalhas de renda. E, à noite, o jantar no mesmo restaurante. Ele me vendo sozinha veio querendo tomar um vinho comigo.

Foram três dias inteiros, caminhando, visitando as igrejas e fazendo as refeições juntos. Com esse homem, sim. Quando naquela noite ele me pegou para dançar, eu fui tomada por uma descarga física, corporal. Nossos pés pareciam ter combinado os passos. Enfiou a sua perna direita entre as minhas pernas. Tinha conseguido colocá-lo entre as minhas pernas. Sei o efeito disso. E eu sentindo a sua coxa como um ímã. Tomamos muito vinho. Fomos para o seu quarto.

À noite todos os gatos são pardos e é na cama que se tiram todos os disfarces, onde as palavras saem sem querer. Ele foi tirando o meu vestido preto decotado, beijando o meu pescoço, o meu ombro. Puxou com os dentes a alça de meu sutiã preto de rendas. Deu um beijo no meu peito. No meu sovaco. E tirou de vez meu sutiã. E me beijou. Um beijo bom. Muito bom. Deitamos na cama e ele tratou do meu corpo de todos os jeitos, de um jeito que homem nenhum faz quando se está numa primeira vez. E abrindo as minhas pernas ele entrou e ficou e meus gemidos só não foram ouvidos por todos porque as paredes do hotel eram muito grossas.

Quando saiu de cima de mim, fez com o braço para eu deitar a minha cabeça no seu peito. As batidas do seu coração por instantes me fizeram esquecer o que eu estava fazendo ali. E eu fiquei acariciando o seu peito denso, peludo. Adoro acariciar o peito de um homem. Aos poucos, comecei a lhe perguntar e ele foi dizendo com que trabalhava. "*Tu gustas*", me perguntou. E eu menti. Haveria naquele dia um encontro entre o pessoal de São Paulo, Rio, Mato Grosso e Goiás. Tinha mercadoria para ser exportada e tinham que negociar. Estariam todos juntos no hotel projetado pelo Oscar Niemeyer.

De manhã cedo, fui para o meu quarto. Uma borboleta grande, uma bruxa negra, estava parada num canto da parede. Lembro disso. Liguei para Manolo. Ele me ouviu e disse: "Maravilha! Maravilha! Evandro já foi acionado. Você tem de correr daí."

Arrumei tudo e fui. Nuvens cinza rasgavam o céu. Tomei o ônibus para Belo Horizonte. No avião para o Rio me deu um enjoo, um enjoo que só passou quando eu cheguei à minha casa e me deitei. Um choro convulsivo se tomou de mim. Inteiramente. Eu não conseguia conter, vinha muito forte. Na minha cabeça, imagens se misturavam: meu pai, eu deitada na cama de casal de minha mãe e meu pai, o peito peludo de meu pai, o peito peludo do boliviano. Lá fora, estrondosos raios anunciavam uma chuva diluvial. E nesse dia eu senti que não podia mais.

Mulher. O Manolo funciona diferente. Mesmo sendo trabalho, não deixa uma escapar. É raro. Ele diz que ama todas as mulheres. Amar todas é não amar nenhuma. Mas isso deixa pra lá, cada um de um jeito. Só sei que eu não quero mais. Não quero mais ficar sentindo o cheiro de homem tirar o meu sono, sentindo falta do seu corpo, da sua voz. Não quero mais sentir falta. Sentir falta não serve para nada.

9

As pessoas entram na sua vida. Saem da sua vida. Liga e desliga. Encaixa e desencaixa. Simone dizia isso. Simone tinha um modo a que eu custei a me acostumar. Simone dizia e o que ela dizia me provocava. Seu ritmo afina com o meu. Gosto de ir a *show* de *jazz* e música brasileira, ela também; cinema, muito cinema, ela também; jantar com vinho, fizemos isso algumas vezes; fui a algumas festas com Simone em que ela me convidava. Ela gosta de se arrumar para sair. Tem belas bijuterias e joias discretas. O cabelo ruivo cacheado já a faz exuberante, e, dependendo do dia, suas roupas realçam ainda mais esse aspecto. "Gosto de variar", ela diz. "Sou camaleoa, dias estou assim, dias estou de outro jeito."

Eu ainda estava na faculdade quando fui com ela a uma festa. Foi a nossa primeira festa juntas. Muita gente, garçom servindo champanhe, uísque, vinho. Eu não tinha costume de tomar essas bebidas, minhas festas sempre tinham chope ou caipirinha. Seus amigos, mais velhos, ficavam me olhando. Fazia pouco tempo eu tinha terminado o namoro com o Emílio e sentia um incômodo. Não sabia o que era. E aqueles homens mais velhos me olhando. Eu disfarçando para ver se havia alguma coisa errada na minha roupa, mas quem tinha escolhido aquela roupa fora a Simone. Eles olhavam. Os homens mais velhos. O barbudo se aproximou. Barba com fios brancos. Bonito o seu olhar, bonita a sua voz. Bebia vinho tinto.

Eu estava no champanhe. Falamos de cinema e, quando a dança começou, nós dançamos. Simone de olho em mim. Ela sempre esteve de olho em mim. E eu agradeço. Agradeço muito. Saí da festa com o barbudo e, a partir desse dia, o meu coração viveu uma grande revolução.

E Simone acompanhou tudo. Ainda hoje, dividindo meu tempo com esse trabalho com Manolo que me toma inteiramente, reservo um tempo para a Simone. E ela para mim. Toda vez que eu telefono para ela, esteja ela onde estiver, Simone me recebe. E basta a sua voz. Simone me escuta, me entende, me conforta. Suas palavras se encaixam nos meus pensamentos de uma maneira que eu paro. Por mais aflita que eu esteja, eu paro para escutar o que Simone tem para me dizer. Suas palavras são sempre sábias. Dizem que a experiência não se passa, mas, ao contar a sua vida, Simone foi imputando em mim a convicção de que não adiantava, eu tinha de olhar diferente. Simone havia sido casada. Durou só três anos. "Ele não aguentou. Nem eu", ela disse. "No início, tudo maravilhoso. Nos dávamos bem, ele também advogado, tínhamos os mesmos interesses, a mesma formação, o mesmo meio, a mesma educação. Mas não conseguimos."

Simone tentou outra vez, mas desistiu. Não queria mais saber disso. "Homem é bom fora de casa. Junto, engorda, fala pouco, vê mais futebol do que o rosto da mulher. Fica chato", ela dizia.

Suas experiências me valeram. Muito. Não tive mãe que me orientasse, não tive irmã. Só minha avó. E os livros. *Não pense o senhor que estou escrevendo uma história de safadezas, só de pensar uma coisa dessas tenho vontade de lhe quebrar a cara, ouviu? Estou lhe contando a coisa mais séria e mais bonita que já aconteceu comigo.* Eu tinha treze anos quando li esse conto de Rubem Fonseca. Se não fosse esse conto, eu não teria tido aquele dia. Eu não teria feito o que fiz com o Emílio no escritório de meu avô. *Dentro da cabine abraçados, o rosto dela brilhava na penumbra, mas nem eu nem ela tivemos coragem. Ela me pediu que eu jogasse a seiva de minha paixão sobre o seu seio de bicos marrom-escuro, duros, e isso eu fiz, ajoelhado, com o corpo dela entre as minhas pernas. Uma coisa horrível que existe no mundo é o fato dos jovens não terem liberdade para amar. Mas pior ainda do que isso é que eles não sabem amar; e no entanto foram feitos para o amor. Não sei se o senhor me entende: uns fogem do amor e outros o procuram com sofreguidão, mas o fim, o que fica, em todos, é a mesma coisa, a insuportável sensação de vazio. O amor é generosidade, compreensão, ausência de egoísmo, mas no entanto os amantes são egoístas, mesquinhos e intolerantes, porque essa é a condição humana.*

Não sei como eu seria se não tivesse lido esse conto. *O senhor já amou? Não se ofenda se lhe pergunto isso, mas milhões de pessoas nunca amaram. Há aqueles que amaram seus livros, seu cachorro, seu país, suas roupas, suas joias, seu automóvel, mas eu não falo disso, nem de amor paterno ou fraterno — tudo isso é besteira comparado com o amor da mulher que amamos e que nos ama.** Não sei como eu seria se não fossem os livros.

E assim eu me fiz. Vovó, os livros e a Simone. Importante a chegada de Simone.

---

*Fonseca, Rubem. *Os prisioneiros*. Conto *Gazela*.

10

Trabalhar. Somos instigados cada vez mais a sermos cada vez mais criativos. Trabalhar com o Manolo, fazer o que a gente faz num país como esse, exige isso: criatividade.

Arriscado é, mas parece que algo me arrasta, me leva obsessivamente a buscar, a desmascarar, tomada por saber que, mais cedo ou mais tarde, eu e Manolo descobriremos tudo. Fico intrigada enquanto não chegamos às provas. É de enlouquecer. Ficar assim, sabendo os pormenores, sabendo das sujeiras todas. Mas saber sem provas nada adianta. Especulações, especulação sem provas não leva a nada. E Manolo não é homem de admitir o fracasso. É obsessivo. Todos os casos em que se mete têm de chegar ao final. E, quanto mais sujo o caso, mais se sente instigado. O mal é sedutor. Tira o sono.

Mas eu sempre fui de pouco sono. Como já disse, desde que nasci eu tenho os olhos bem abertos. Quantas noites eu fiquei, noites olhando o nada na cama silenciosa. Buscando, só buscando. Alguma coisa que me fizesse entender. Tudo vago e mudo. Eu olhava para o escuro e lembrava da minha avó, da outra avó, da mãe de meu pai. Lembrava dela falando de Deus e eu querendo ver esse Deus, eu queria que no escuro do meu quarto aparecesse um Deus que me dissesse tudo, me dissesse qual o caminho que eu iria seguir. Esse Deus tinha de saber o que uma criança como eu, sem pai, sem mãe, iria fazer. Uma menina, eu era apenas uma menina. Quando tem pai e mãe, a criança tem um rumo, sempre a vida vai tomando um jeito. Mas sem pai e sem mãe nada se sabe. E isso me causava uma aflição, e eu ficava acordada buscando na escuridão, no meu silêncio, uma resposta. Mas nunca vinha. E eu ficava no escuro matutando e me vinha a ideia de que era feita para o mal, que o meu destino era o mal. Tinham tirado de mim. Tinham tirado de mim o que não se tira quando se é criança. E se o mal me atingira tão cedo era porque eu devia ter sido feita para o mal. E havia o olhar de pena sobre mim. Em todo lugar falavam. Na escola, a família, todos falavam. E eu sentia como um castigo, uma punição que a vida me trouxera. Um estigma. Os olhares sobre mim me davam medo. E, quando eu deitava à noite e fechava os olhos, eu via esses olhares sobre mim. Eu abria rápido meus olhos. A cama silenciosa me fazia ver no escuro a minha solidão. E no silêncio da noite eu escutava um eco, a minha voz me dizendo: não tenha medo, não tenha medo.

Ainda hoje, perco o sono. Sempre que tenho que arcar com algum trabalho de investigação, perco o sono. Na cama silenciosa, fecho os olhos sem medo. A minha cama é só minha, de mais ninguém. Cabem dois, mas quem dorme nela sou eu, só eu. Acordo cedo e sempre que acordo eu abro as janelas, a primeira coisa que faço ao levantar pela manhã é abrir as janelas. Todas as janelas. A luz generosa ilumina o sofá branco na sala, a cadeira *bergère* de estampas verdes, o móvel antigo comprado num antiquário em Petrópolis. A mesa de jantar. Quadrada. O meu escritório tem muitos livros. Carreguei muitos livros do escritório do meu avô. Eles estão agora nas minhas estantes. Os livros do meu avô guardam o seu olhar a contemplá-los, as suas mãos a folhear as páginas. Sinto a sua forte presença só de ter os seus livros de pé na minha estante. Carreguei também o retrato do meu avô e ele agora está ali, na bancada da minha estante. A imagem do meu avô, seu olhar fixo me olhando. A força que me traz o seu olhar. A força que traz o cheiro de papel velho que tem nos seus livros que eu trouxe para as minhas estantes. Pastas, papéis e cartas do meu avô estão agora comigo. A letra em papel gasto da assinatura de carta de Sobral Pinto, em 1949, a de Tristão de Athayde, em 1959, a primeira edição do *Perto do coração selvagem,* de Clarice Lispector, com uma dedicatória datada em 18 de dezembro de 1943. Eu precisava ficar com isto. Eu precisava deste cheiro, o cheiro do escritório do meu avô, desse tempo. Eu preciso desse tempo. Esse tempo que eu não modifico mais é o verdadeiro tempo. Os livros, o retrato de meu avô agora na minha estante falam o que eu não posso falar, contam o que eu não saberei contar. E nessa casa que é só minha, ninguém consegue penetrar. Emílio esteve aqui. Veio aqui depois de um dia que o encontrei num restaurante, ele estava num almoço de negócios. Cruzamos olhares. Seu amigo de trabalho não poderia captar o que havia nesses nossos olhares. Um pacto de ternura entre nós indestrutível. Trocamos nossos cartões.

Precisei que ele viesse à minha casa. Com a aliança no dedo da mão esquerda, ele veio. Ninguém precisaria saber que ele veio. Ninguém poderia entender o que ele veio fazer aqui. Tomamos um uísque na sala. Tem dois filhos: um casal. Mais um gole do uísque e a sua docilidade em relatar sobre sua relação como pai. Precisei que ele entrasse no meu escritório, que olhasse os meus livros. Precisei que ele visse o retrato do meu avô. Sim. Emílio entraria nessa minha casa. E não precisava dizer nada. Não precisava fazer nada. Bastava o forte abraço que me deu à porta de saída. Nessa noite, depois que Emílio esteve na minha casa, deitei e não consegui. O sono não veio. E nem poderia vir. Era forte. Meus olhos se fecharam e eu senti nas pernas, braços, barriga, boca as reminiscências de meu tempo com Emílio. Emílio durante quatro anos da minha vida.

Fiz muito para ter essa casa. Quando me formei, trabalhei em escritório de advocacia, ganhei percentagem e juntei o dinheiro ganho com o que recebi de herança ao completar vinte e um anos. Comprei o apartamento. E contei para a minha avó que eu estava comprando um apartamento. E vovó foi me vendo entrar na sua casa com quatro jogos de toalhas de banho, jogos de lençóis. O aparelho de jantar foi ela quem me deu. Fazia questão. Saíamos juntas, ela equilibrada pela bengala, acolhendo a minha escolha. A idade ia lhe povoando a pele, a fala, a curva das suas costas, e ela ainda ali, comigo. Foi quando eu a trouxe à minha casa. Foi quando ela se sentou na minha *bergère* estampada em verde. Foi quando ela me ouviu dizer que aquela *bergère* fora feita para ela. Voltamos para a sua casa. Dias eu tinha de sair cedo porque o marceneiro ia montar a estante, outro dia era o sujeito que iria fazer a instalação necessária para o meu computador. Contava tudo para a vovó. Ela me ouvia com o ouvido já muito gasto, mas com a atenção de sempre. E foi juntando as suas melhores toalhas de mesa, os guardanapos rendados, os panos de linho para a bandeja, as toalhas de rosto bordadas por ela a mão. Pediu que eu levasse seu caderno de receitas escrito com a sua letra. E a minha casa foi se arrumando deste jeito, eu vendo tudo ficar pronto, já estava tudo pronto para eu morar. E por esses dias em que a minha casa já me chamava, o médico veio ver a vovó. Anastácia chamou as minhas tias. Eu fiquei ali, o tempo todo ali, ao pé de sua cama segurando a sua mão diáfana. Por que as pessoas não são eternas?

As pessoas entram na sua vida. Saem da sua vida. Liga e desliga. Encaixa e desencaixa. E quem predetermina as nossas escolhas? Quem me fez ir aquele dia ao escritório do Manolo e sentir que eu e ele iríamos nos juntar? Quantas maneiras de viver eu excluí por ter feito essas escolhas?

Telefonei para o Caio e ele me convidou para jantar na sua casa. Tomei um banho de banheira, liguei a hidromassagem. Espuma por todo lado. E fechei os olhos, deixando o cansaço se esvair. Usei o secador para os cabelos. Me arrumo, me arrumo só para ficar com Caio. Caio gosta e eu gosto de me arrumar só para estar com ele, em sua casa: jantar com vinho, uma boa música, conversas, beijos, afagos· Parei com a minha instabilidade. Ficar só com ele foi uma decisão. Vieram outros, mas não quis. Até o barbudo reapareceu. Mas esse nem que fizesse de tudo, esse poderia tentar de tudo que eu não queria mais saber. O barbudo se aproveitou da minha mocidade. Aproveitou-se da minha ainda primária ingenuidade feminina. Eu tinha terminado o meu longo namoro com o Emílio, estava fragilizada, vulnerável. E o barbudo se aproveitou disso. Se aproveitou da sua idade madura para me seduzir. Se aproveitou. Eu fui levada por seus convites, *shows*, restaurantes finos, até viagens. Fim de semana num hotel em Búzios, fim de semana em Salvador. Sua voz me encantava, os cabelos e a barba grisalha, seu peito forte e peludo. Ele apreciava o meu corpo, gostava de pegar na minha bunda quando nos beijávamos de pé. E me deitava na sua cama. A cama do apartamento a que ele me levava. Um apart-hotel na Rua Barão da Torre. Não tinha porta-retratos de ninguém, ele vivia sozinho. Punha o vinho numa bandeja com alguns queijos e levava para o quarto. Tirava a minha roupa peça por peça, beijava cada parte de meu corpo. E, quando terminávamos, ele punha seu braço para eu deitar a minha cabeça. Eu ficava alisando seu peito cabeludo. Esse barbudo gostou de mim. Tenho certeza. Mas quando eu fui naquela pizzaria, quando eu o vi com uma mulher e duas meninas. Ele me viu e nem sequer me cumprimentou. Sentou à mesa e fez os pedidos. Canalha! Eu não estava com a Simone, mas foi ela quem depois me ajudou a verificar. Comi mal aquela pizza, saí de lá sem saber como era levada pelos meus pés. Quando cheguei, vovó estava sentada na *bergère* lendo um livro de Ferreira Gullar. Puxei um banquinho e me sentei ao seu lado, encostei a minha cabeça no braço da poltrona e sua mão delicada começou a acariciar os meus cabelos. Eu não lhe contei nada e nem precisava contar. Bastavam as suas mãos, o seu cafuné.

E quando há pouco tempo o barbudo veio me procurar eu pensei que poderia. Mas não deu. Ele tinha se separado da mulher. Ao olhar os seus gestos, os seus olhares, me veio a sensação do sofrimento que ele havia me feito passar. Dizem que é, mas não, a vida não é justa. Eu era ainda muito ingênua, me entreguei a ele, pensei em tanta coisa boa. E quando descobri que ele escondera tudo de mim, a sua dualidade, fiquei assustada. Eu não tinha idade para assumir um homem como ele. Duas filhas e a mãe de suas filhas. Eu não tinha idade. E quando, depois desses anos, ele veio me procurar, eu não precisei de muito tempo para definir. Tive tanta dificuldade para desconstruí-lo dentro de mim, que agora não daria mais. É difícil amar a mesma pessoa duas vezes, quando acaba não dá mais. O barbudo saiu do nosso encontro abatido.

11

Crime. Desta vez foi um crime. Quem procurou o Manolo foi a irmã da vítima. Uma morte suspeita. A mulher foi encontrada no chão de seu quarto. Um tiro no ouvido. Sugestão de suicídio. O marido estava inconsolável no enterro, mas a irmã da vítima acredita que tenha sido ele o autor do crime. Instigante. Manolo franziu a sobrancelha.

Mulher de classe alta. Um caso como este não acontece sempre. Na classe baixa, assassinato de mulheres é comum. Em cidades do interior do Brasil, Pará, Bahia, em subúrbios de cidade grande, em favelas a matança com facadas é uma praxe. Contrariou, eles tiram a faca e enfiam. Todo mês se escuta um caso. Maridos matam a mulher na frente dos filhos. Pronto, elimina. Ciúme, ódio. Matam e pronto. E ficam soltos. Soltos, todos eles soltos por aí.

Manolo me serviu o café. A Baía de Guanabara vista lá de cima, o pôr do sol iluminava um quadro esplendoroso.

"Dessa vez, a sua atuação será importante. O plano é você se aproximar do viúvo para tentarmos obter provas de ser ele o assassino", disse Manolo.

Não seria rápido. Desvendar um crime não é rápido. A irmã da vítima contara que o casal brigava muito. A irmã da vítima não confia no cunhado. Nunca confiou. A irmã da vítima contou para Manolo que a vítima tinha lhe entregue uma carta. Manolo leu a carta. Pelo conteúdo da carta, estava na cara. Não fora suicídio.

Lá fui eu. O primeiro encontro quem promoveu foi a irmã da vítima. Eu fui apresentada a ele por uma amiga da irmã da vítima. A amiga da irmã da vítima sabia de tudo e organizou uma festa só para eu conhecê-lo. E quando ele me viu disse que nunca havia me visto ali e eu disse que havia chegado fazia pouco de Miami. Morei lá muitos anos, eu disse. E ele acreditou. Contei que eu estava viúva. E ele acreditou e disse "que coincidência, também sou viúvo".

Não se passaram muitos dias e o meu celular tocou Marcamos um jantar.

E lá fui eu.

Eu vivo para esse trabalho, qualquer caso que surja, eu fico de um jeito que só penso sobre o caso, só penso em como desvendar o caso. Me faço até de viúva que morou em Miami como foi o jeito que eu usei para fazer com que o marido da vítima se interessasse em me conhecer. Brasileiro acha exótico morar fora do país, e se eu contar que "o meu marido" trabalhava no Chase? Viúva de banqueiro, o idiota vai gostar. E foi assim que eu fiz.

Eu tenho um guarda-roupa variado. Tinha de me vestir de Miami, colocar joias douradas exageradas. Isso eu tenho. Tenho de tudo. Nessa profissão eu preciso ter todo tipo de roupa, bijuteria, aparatos variados. De tudo. Manolo, não. Manolo está sempre de terno e gravata. No seu papel, ele não precisa de mais nada.

O marido da vítima queria me pegar na minha casa, mas eu não quis, disse que preferia encontrá-lo no restaurante e marcou no Fasano, no restaurante do hotel. Acionei o nosso motorista de plantão. Combinei de ele me levar e ficar esperando. O motorista de plantão me apanhou em um Toyota preto. Cheguei com quinze minutos de atraso e ele já estava lá, no bar.

O marido da vítima é um homem elegante, nas roupas, só na maneira de se vestir. Nas palavras, não. Falava num tom um pouco alto. Usava gíria que não se coadunava com um homem da sua idade. Falava muito. Estava excitado. Notei isso. Vi que reparou as duas alianças de ouro no meu dedo esquerdo e a de brilhantes. Herança da minha avó, mas isso ele não saberia. Serviu para impressionar. Enquanto bebíamos a primeira taça de Moët & Chandon, lhe perguntei em que trabalhava e ele desandou a falar que sempre trabalhara com comércio, mundo da moda, glamour, cores, paetês, desfiles, festas. Ele já estava na terceira taça de champanhe quando fomos para a mesa. Pediu um vinho francês. Homem, quando quer conquistar, faz tudo para impressionar. Bebi muita água para equilibrar as bebidas. Eu tinha de estar com a cabeça no prumo para continuar as minhas perguntas.

Homem mente. Simone diz isso. E é verdade. E mentem tanto que são capazes de acreditar na própria mentira. O marido da vítima falava. Sempre de si. Contava, contava. Sempre o melhor de si. Senti que ele estava me olhando muito. Os champanhes, o vinho já haviam modificado o seu olhar. E falava. Mentia. Nitidamente, muitas das suas histórias eram mentiras. Mas eu tinha de me concentrar em lhe fazer perguntas. E comecei: Como tinha conhecido a esposa? Por que não quiseram filhos? Ela era uma mulher vistosa, eu vi no jornal, eu disse. Por que haveria de querer se matar? O marido da vítima respondera a todas as perguntas. Respostas curtas, ele não queria entrar em detalhes, não estava ali para isso. Eu, sim.

Quando estávamos na sobremesa, ele aprofundou os galanteios. Queria me ver novamente.

Tudo corria dentro do previsto. Manolo ficaria satisfeito. Quando cheguei ao escritório, ele já tinha tomado três cafés. Não exagera, eu disse. Mas ele não dá muita bola para isso que eu falo. Pedi que fizesse um para mim. Manolo foi até a máquina. Reparei que seus cabelos estavam mais brancos. Mas nada lhe disse. Eu sentia o quanto o aborrecia notar que suas expressões do rosto já não eram tão limpas, que sobre os olhos já se mostrava um acúmulo de pele, que as linhas ao pé do nariz eram definitivas. A pele de suas mãos estava mais enrugada, isso reparei quando me trouxe o café.

O marido da vítima era o alvo, começou Manolo a contar. A perícia já tinha mostrado que havia motivos para a desconfiança. Todo suicida que se mata com arma de fogo apresenta marcas de pólvora na mão. As mãos da vítima estavam ilesas. O porte da arma era legal. Descobrimos que o marido da vítima, poucos dias antes da morte da mulher, a fez assinar diversos documentos em que passava para o nome do marido seus bens herdados de sua família. Eles haviam se casado com separação de bens. O delegado começou a aceitar as suposições de Manolo. Havia testemunhas. As empregadas da casa, todas elas relataram brigas "muito fortes" do casal, chegavam a quebrar objetos.

Manolo estava convencido de que ele era o assassino. Mas não havia prova nenhuma que pudesse incriminá-lo. Caberia a mim tentar tirar dele uma confissão.

O marido da vítima estava convencido de que eu o queria. Continuamos indo a restaurantes. Eu sempre o deixando beber para poder iniciar as minhas perguntas. Ele agora tinha um escritório. Prestava serviços. No seu cartão que me dera estava escrito apenas CONSULTORIA. Restava-me descobrir em quê. Num momento, ao lhe perguntar sobre o seu casamento, o marido da vítima alterou o tom de voz, começou a contar num tom agressivo que a sua mulher, por ter muito dinheiro, o pressionava, tentava mandar. E isso o deixava irado, ele falou. A carta que estava nas mãos de Manolo, a carta que a vítima escreveu para a sua irmã, já era um bom álibi contra o marido da vítima. Mas precisávamos de mais provas.

Instigante. Um caso como esse não me deixava dormir. Ficava de olhos bem abertos. Caio mal conseguia me ver. O que faz Caio insistir? Não é fácil ficar comigo, a minha vida serve só para mim, para mais ninguém. Caio não se convence de que eu não sou mulher para ele. Eu não sou mulher para ninguém, para ninguém que queira ter uma mulher junto, para ficar sempre junto, tendo filho que faz ficar mais junto ainda. Não dá, comigo não dá. Nessa minha profissão, nesse trabalho que faço com Manolo, não há como pensar nessas coisas, eu tenho que viver só, na minha casa, porque homem nenhum aguenta ver a mulher fazer os papéis que eu faço, sair à noite seja a hora que for quando tenho de desvendar um caso. Mas parece que Caio ainda não se convenceu e, por eu estar no meio da história, eu ficava sem muita vontade de estar com ele. Não tinha como. Difícil não poder se falar de um assunto que não saía da minha cabeça nem um minuto. Só mesmo com Manolo. Só Manolo para meu companheiro nesses momentos. Era com ele que eu podia dividir as minhas aflições, a minha dificuldade de ficar fingindo para o marido da vítima que eu era uma viúva, mulher de banqueiro, vinda de Miami. Não queria contar para o Caio. Talvez ele tivesse naturalidade para entender que fazia parte da minha profissão. E é verdade. Atrizes de teatro, cinema, telenovelas vestem inúmeros personagens. Eu vestia um personagem para um objetivo muito nobre: desvendar um crime. Mesmo assim, não queria que Caio soubesse. Temia que em um momento de atrito ele jogasse com isso, me acusasse de ser uma pessoa capaz de criar simulações. Não. Confio no Caio, mas homem é dissimulado.

Foi durante a madrugada que me veio a ideia. Acordei no meio da noite e não havia jeito de conseguir dormir. O caso era difícil. Manolo admitia. Mas naquela noite eu bolei um jeito de tentar incriminar o marido da vítima.

Sabia que estávamos num ponto em que o que ele queria de mim já não era mais somente conversa. A mulher que eu representava não iria à sua casa e muito menos a um motel. A opção seria a suíte presidencial de um hotel de luxo. O marido da vítima com certeza não iria colocar nenhum impedimento à minha proposta. Conseguimos. Manolo mandou instalar câmeras no quarto. Tudo seria filmado.

Primeiro o *drink,* o jantar, o vinho, pedi um prato de peixe, o licor. Depois o quarto. Ele estava ávido para me ver. Fiz um longo ritual, simulando a possibilidade de ele me ter como queria, mas na hora de ele me despir eu expus um problema, uma dificuldade. Ele insistiu com palavras, eu continuei na mesma posição; ele insistiu tentando com as suas mãos e eu as retirava. Insistiu ainda com as mãos, mas com mais determinação. Começou a me machucar e eu reagi. O homem se transformou. Suas palavras saíam entre os dentes rangendo, proferindo palavras chulas, dizendo não admitir que uma mulher fizesse isso com ele. E me deu um tapa no rosto. Eu o chamei de cavalo, animal. Ele me deu outro. Comecei a falar que ele era um animal, que agora entendia, a sua mulher não poderia mesmo aguentar aquele casamento, só se matando. E quando eu disse esta frase, seu ódio aumentou ainda mais e ele começou a falar alto, eu o instigando a falar da mulher, eu o instigando até confessar, sem querer. Um psicótico diz e pensa que não disse.

12

Precisei de umas férias. Manolo entendeu. Nunca eu tinha arriscado tanto a minha vida. O sujeito ficou transtornado. Ele poderia me estrangular. Nem mesmo com todas as câmeras naquela suíte do hotel, se ele quisesse me estrangular, teria conseguido. Corri um risco danado. E fiquei dias sem dormir. A noite vinha e com ela a lembrança daqueles instantes no hotel. As horas passavam e vinham na minha imaginação cenas que não ocorreram, mas que poderiam ter ocorrido só pelo fato de eu ter estado nas mãos de um psicopata assassino.

Precisei de férias e fui. Fui para Paris encontrar com minha prima Juliana.

Ela vivia na Austrália. Casara com um sujeito mais velho que ela, tivera um filho com esse sujeito australiano mais velho que ela e viviam lá, do outro lado do mundo. Difícil poder vir ao Brasil, difícil eu ir à Austrália. A última vez que nos vimos havia sido na morte da minha avó. Ela veio. Sua mãe a avisou logo que o quadro piorara. Quando ela chegou ao velório, a primeira pessoa que veio falar foi comigo. E nos abraçamos tão forte, tão forte que meus ossos pareciam não aguentar. Eu não escolhera dormir com ela naquela noite na serra quando veio a notícia. Ela não escolhera estar ali e ver a vovó ficar que nem louca, saindo às pressas para ver o acidente. Juliana não escolhera estar comigo no momento mais difícil da minha vida. Ninguém escolheu viver o que nós juntas vivemos. Mas a sua vinda ao enterro de vovó fora uma escolha. Ela sabia, sim, como eu a queria naquele momento, ela sabia, sim, que eu precisava do seu abraço.

Foram poucos dias que estivemos juntas depois do enterro da vovó e ela logo voltou para a Austrália. O marido, o filho a esperavam.

Fazia anos que não nos víamos, e agora eu precisava vê-la. Como estaria Juliana? Trocávamos *e-mails*, fotos, filmes. Mas como está Juliana? Em carne e osso. Olhar, gesto, mãos. Eu tomei a decisão e a convidei. Iríamos nos encontrar em Paris. Ficaríamos no mesmo hotel, no mesmo quarto.

Eu cheguei um dia antes dela. Deixei minhas malas no hotel, tomei um banho e fui caminhar pelas ruas de Paris. Um prazer imenso ao ver a paisagem daqueles prédios clássicos, as pessoas caminhando com a elegância peculiar do francês. Era outubro e o frio já vinha. Os homens nas suas capas de gabardine, um cigarro no canto do lábio, lançavam olhares quando eu passava. Eu ainda estava sob o efeito do episódio com o marido da vítima, não me sentia bem com aqueles olhares.

Cheguei à Notre Dame e fiquei. Os vitrôs filtrando a luz com as imagens de santos me fizeram sentir a presença da minha avó. A primeira vez que estivera lá fora com ela. Eu tinha doze anos e ela resolveu me levar para conhecer Paris. Naquela época, paramos na sessão de velas. Vovó fez eu acender uma e fazer três pedidos e eu fiz: o primeiro, para que o menino que estudava comigo na mesma sala gostasse de mim; o segundo, que me fizesse passar de ano; e o terceiro, que desse muita saúde à minha avó. Passei pelas velas e pensei. Acenderia, sim, acenderia uma para a minha avó, só para ela, pedindo, se é possível isso existir, que ela continuasse olhando por mim estivesse onde estivesse. Olhei para os lados: todos aqueles fiéis vindo de diversas partes do planeta. Olhei para cima, o pé-direito alto dava-me uma dimensão. E, de repente, tudo fez sentido. Juntei minhas, mãos, fechei os olhos e de joelhos rezei uma ave-maria e um pai-nosso em homenagem à minha avó, um agradecimento a tudo que ela representou em minha vida.

Quando saí da igreja, ainda havia luz e fui em direção à Île de Saint-Louis procurar o café. Me sentei à mesa, um café *s'il vous plaît*. Caio queria vir comigo. Eu não queria que ele viesse, mas não soube dizer isso a ele. Por acaso — o acaso tem de estar do nosso lado — ele teve um sério problema no trabalho que o impediu. Essa viagem não era para eu estar com o Caio. Essa viagem era para estar com a Juliana.

Ela chegou no dia seguinte. Eu estava sentada na recepção do hotel quando ela entrou. Largou as malas no chão e nos demos um longo abraço. A viagem fora cansativa, fizera duas conexões, seu filho tivera uma gripe naquela semana, o que a deixou um pouco tensa. Ele está com dez anos, ela disse. Seu marido australiano acabara de ser avô pela terceira vez.

Fomos para o quarto, Juliana arrumando suas coisas, eu a observando. Tínhamos a mesma idade. Ela, mais gorda que eu, mas sempre fora, seus cabelos continuavam castanhos, quase pretos e curtos. Ela elogiou os meus, crescidos e encaracolados. Fazemos quarenta anos este ano, lembrou. Marait é um bairro ideal para quando se quer jantar em um restaurante pequeno e bom. Os donos eram *gays*. Logo um deles veio à mesa, nos recebendo com amabilidade. O vinho recomendado por ele. Levantamos as taças. Nem acreditamos que estivéssemos nós duas ali.

Juliana mantinha a sua alegria, lembrava-se de nossas brincadeiras, dos nossos primos e de Anastácia. Grande no tamanho, grande no coração. Sangue negro que permeou a nossa infância, dedicada ao mais alto grau a nos servir, a acima de tudo nos servir. A escravidão os moldou de um jeito que, por mais que tentássemos modificar, Anastácia não deixava, ela não conseguia, estava ali para nos servir. E a sua vida se fizera na casa da vovó, pela vovó por tudo que circundava a casa da vovó. Com a morte da vovó, quando minhas tias lhe disseram que a casa seria vendida, quando minhas tias a tiraram dali, mesmo sabendo que teria a assistência financeira eterna da família, em um ano ela se foi. Como um cão que não suporta sobreviver a seu dono, Anastácia foi definhando, definhando, nem os médicos entenderam bem por quê. Uma pneumonia. De um dia para o outro. Um brinde a Anastácia, fizemos eu e Juliana.

A comida foi servida. Um pato com laranja para mim. O mesmo para Juliana. O silêncio nas garfadas, os risos cessaram.

— Me conta de Caio? — Juliana me pergunta. — Como vocês se conheceram?

— Foi numa livraria — eu disse —, num lançamento de livro. Fomos apresentados por uma amiga em comum, conversamos um pouco e trocamos *e-mails*. Moramos cada um em sua casa e nos vemos eventualmente.

— Ele é casado, separado? — me perguntou.

— Já viveu com uma moça, mas não chegou a casar — respondi. — E não tiveram filhos — complementei.

— Você gosta dele?

Um gole no vinho. Um olhar. Juliana fixou em mim o seu olhar. Eu não sabia responder. Eu não sabia o grau deste gostar que Juliana me perguntava. Estar com ele é bom, ir ao cinema com ele é bom, receber o seu carinho é bom. Juliana continuava a me olhar. Gosto de nossas relações sexuais.

— E vocês não têm vontade de morar juntos?

— Não, não — respondi —, com o meu trabalho não dá, ele vai se sentir ameaçado todo o tempo.

Mais um gole de vinho. Uma garfada em silêncio. Juliana continuava me olhando.

Viajar para Paris não precisa de muito planejamento. Basta seguir a programação dos museus, passear sem destino por suas ruas, sentar nos cafés. A França acabara de adotar a lei que proibia o fumo nos recintos fechados. O cigarro sempre foi um companheiro dos filósofos e frequentadores dos cafés parisienses. Segurá-los entre os dedos, ficar olhando a fumaça exalar da boca fazia parte de todo um ritual que parecia ajudar na elaboração do pensamento. Os franceses estavam se adaptando a essa maneira nova de viver. Eu e Juliana achamos ótima essa medida, nós não gostávamos de cigarro.

O frio não estava ainda intenso, o que nos permitia caminhar. Juliana sempre com sacolas, compras para o marido, para o filho. Não parava de pensar neles. Falava deles todos os dias, pensava neles em cada loja em que nós entrávamos. Eu pensava num presente para o Caio e para Simone. E Manolo. Eu pensava em Manolo, em como ele estava se virando sem mim. No que estava acontecendo com ele. O que estava acontecendo naquela cidade louca, com os salafrários daquela cidade.

Entramos na rue du Sac a caminho do Museu d'Orsay. A loja do velhinho estava lá. Ele vende peças de madeira, só peças feitas em madeira. Escolhi um presente para o Caio junto com Juliana.

No Museu d'Orsay estava tendo a exposição de Ferdinand Hodler. Fomos olhar. Visitamos o acervo, um tempo precioso dentro do museu. Saímos e resolvemos apenas tomar uma sopa antes de voltar ao hotel.

Após escovarmos os dentes, camisola, Juliana sentou-se na cama para passar os seus cremes.

— Eu queria te perguntar uma coisa — ela disse.

— Sinta-se à vontade — respondi.

— Você não pensa em ter filhos?

— Não — eu respondi categórica. Juliana quis saber mais. Saber os porquês dessa minha decisão. Eu optei pela minha profissão, gosto dela. Filho nenhum gostaria de ter, como mãe, uma mãe-detetive. Uma vida sem horários. — Não dá.

Juliana manteve um silêncio.

— Você fez psicanálise, não é? — me perguntou.

— Durante anos.

— Sei.

Ainda uma pausa.

— Acho que posso te dizer uma coisa. Não creio que sejam essas as razões — Juliana falou. — Sinto que há um medo, um medo de fazer a criança passar o que você tão nova passou. Perder os pais daquele jeito é uma fatalidade. Uma dor terrível.

Foi como se ela tivesse apertado uma válvula dentro de mim. Eu desandei a chorar, a chorar. Veio clara a sensação daquela noite, do choro da minha avó, da minha dor. Senti uma forte dor no peito que eu não conseguia identificar o que era. Precisou Juliana vir da Austrália para eu ouvir isso. Pessoa nenhuma me disse isso. Nem meu analista. Mas ele não diria mesmo. Se eu não dissesse a frase, ele não me diria. Nem Simone, porque Simone não viveu essa minha história. E, diante do meu choro, Juliana silenciou e continuou sentada na sua cama, sem nenhum gesto, apenas me permitindo chorar.

A noite veio no seu silêncio me fazendo sentir o que se tem de sentir. E na penumbra daquele quarto, naquele hotel em Paris, eu passei a noite de olhos bem abertos. Juliana dormia. Como naquela noite. Memória é uma coisa estúpida. Chega sem avisar. Memória mata, descobri isto depois de anos de psicanálise. Abafar a memória nos condena a ficar eternamente submissos às psíquicas doenças, às manias e medos. Eu não quero rever a minha história, mas

eu estou neste quarto de hotel em Paris com a minha prima
Juliana. E dormir num quarto, num quarto com Juliana, me
fez perder o sono. Me fez sentir aquele medo. Persistente.
A memória é persistente, silenciosa, fria. Não nos deixa.

Ao acordar, Juliana não estava no quarto.
"Resolvi te deixar dormir até mais tarde e fui passear.
Vou na livraria aqui perto, depois tomar um café e volto.
Espero você para almoçarmos. Um beijo, Juliana."
Era uma da tarde. Já? Levei um susto. Há anos não durmo
até essa hora. Uma garoa lá fora. Resolvi tomar um banho
enquanto esperava Juliana.
Passaríamos mais uns dias e iríamos embora de Paris. Eu
precisava voltar. Havia dias não recebia notícias. Manolo
disse que eu precisava me desligar totalmente. A história
com aquele psicótico havia sido traumática. Meu celular
quase não tocou, Caio me telefonou apenas uma vez. Não
quis acessar meus *e-mails*.

13

Foi bom Paris. Caminhar, os casacos que confortam, estar com Juliana. Mas é preciso voltar. Precisamos sempre voltar. Manolo precisa de mim.

Juliana e eu demos um abraço muito forte, sem dificuldade em deixar as lágrimas se soltarem. Ela tinha mesmo de voltar para a sua vida na Austrália. Um marido, filho, casa. Precisava ter isso.

No avião, ouvi o comandante anunciar que estávamos chegando ao Aeroporto Antonio Carlos Jobim. Esperei as bagagens, uma passagem pela *duty free*. Comprei um champanhe francês, uísque, vodca. Ninguém à minha espera. Era cedo. Tomei um táxi.

A casa. Os pequenos ruídos da manhã, o abrir as janelas, a cafeteira. Abri o armário: o pote com café, pacote de torradas, lata de leite desnatado, pacote de arroz integral. Na geladeira um queijo de minas, uma melancia, maçãs e bananas, manteiga, ovos. E enquanto eu estava na cozinha Matilde chegou.

— Como vai a senhora? Foi bem de viagem? — exclamou animada em me ver. — Já fiz umas comprinhas com aquele dinheiro.

Estava comigo desde que vim para esse apartamento. Vinha duas vezes: limpava a casa, lavava e passava as minhas roupas, preparava alguma comida. Mulata no jeito e na fala, três filhos para criar sozinha, sem a ajuda do pai. Reclamou da dor nas costas, eu lhe dei um remédio e perguntei pelos filhos.

— Tão bem, o Washington vai fazer um teste no time do Madureira. Tô superanimada.

Demonstrei entusiasmo dizendo que iria torcer por ele. Fui para o meu quarto, tudo no lugar. Ainda era cedo para ligar para o Manolo. E para o Caio? Ainda não. Queria chegar só, ficar só. A viagem havia sido muito densa. Eu precisava ficar só. Caio iria querer me ver. Mas eu ainda precisava ficar só.

Resolvi caminhar na praia antes de telefonar para Manolo. O sol estava bom, as pessoas coloridas anunciavam o começo do dia. Atletas corriam, outros, de bicicleta, respeitavam o uso da ciclovia. Algumas iriam trabalhar. O morro Dois Irmãos imponente moldando a paisagem. Rio de Janeiro. Onde eu nasci. Vivi aqui a vida inteira. Tinha de viver. Juliana, não. Ainda nova foi fazer faculdade em Nova York. Seu pai quis que ela fosse, seu pai arcou com o custo de uma faculdade americana. Eu não podia pensar em ter isso, eu sabia que o melhor para a minha avó e minhas tias era eu passar para uma universidade pública e no Brasil. Fiz isso e fiquei aqui. Juliana, não. Lá conheceu o australiano e lá foi ficando e de lá foi viver do outro lado do mundo, num outro mundo muito diferente do que a gente tem aqui. Juliana adora morar lá, aprecia a assistência dada à saúde, à educação por parte do governo australiano. Seu filho estuda numa boa escola pública, os hospitais, tudo melhor do que aqui. E, caminhando na praia olhando de cara para os Dois Irmãos, pela primeira vez me veio à cabeça a ideia de eu sair daqui, de eu ir para outro país. O que me prende? Não tenho mais minha avó, não tenho filhos, nada. Caio? Manolo? Nada efetivamente me prende.

Atravessei a rua nem sei por quê. Fui querendo voltar para a minha casa.

Passei no supermercado e fiquei olhando as prateleiras, os biscoitos, os queijos. As pessoas à minha volta falavam todas a minha língua, o que me deu um conforto imenso. O meu ouvido precisava disso.

Quando entrei na portaria, o porteiro me reconheceu, me cumprimentando animado, trazendo as minhas correspondências, e bastou esse seu gesto, esse simples gesto, para eu entender o porquê de eu viver aqui.

14

Liguei para Caio. Caiu na caixa postal: "Deixe o recado que ligo assim que puder." Desliguei.

Parecia que alguma coisa me impedia. Impedia-me de chegar a ele. Senti que, por mais que tentasse lhe contar da viagem, da experiência que vivi com Juliana, do que o estar com ela me provocou, dificilmente ele, Caio, absorveria. Eu tenho a tendência de achar que ele sempre irá compartilhar comigo as minhas sensações, os meus sentimentos. Ilusão.

Fui à cozinha e fiz um café. Forte. Eu tenho de ligar para o Caio. Tenho. E liguei. Caiu na caixa postal novamente. O sinal para deixar o recado. "Oi, Caio, sou eu, já estou em solo carioca. Saudades, me ligue."

Manolo sabia que eu chegaria hoje e que só apareceria no escritório amanhã. Eu teria esse dia. O dia da chegada, do ajuste do fuso. Juliana estaria ainda longe de casa, ansiosa por ver seu filho. Seria recebida pelo marido no aeroporto num forte abraço, com o menino ao lado para pegar, abraçar e beijar.

Liguei a banheira. Puxei o banco do banheiro e coloquei o telefone sem fio e o celular. Água morna me relaxa. Fechei os olhos. Falei muito de vovó para Juliana, que queria saber como foi viver com vovó. Vovó nunca me disse, mas eu sabia. Eu era o prolongamento de mamãe. Em mim, mamãe continuava. E comigo, vivendo dia a dia comigo, vovó conseguia superar a perda, não desaprendendo a sorrir. Hoje eu sei, foi por eu estar ali, morando com ela. E vovó gostava de me contar histórias de mamãe. Quebrou o braço uma vez, vovó disse, caiu de mau jeito quando brincava com a prima de cavalinho no guarda-corpo da varanda da casa do sítio. E eu escutava tudo. Quando mamãe completou dez anos, fizeram uma festa, mas ela era tímida quando criança, sabia? E ria. E ela contava, contava e ria, lembrando quando mamãe lhe pediu para raspar os pelos da perna. Revivia detalhes, uma forma de anular a falta que ela fazia. E eu escutava tudo.

O telefone tocou. O celular. Enxuguei a mão e atendi. Era Caio. Uma voz mansa, perguntou como tinha sido a viagem, eu respondi, muito boa, se eu chegara bem, respondi que sim, perguntas automáticas, respostas automáticas. Perguntou quando iríamos nos ver. Poderia ser àquela noite. E desligou.

Ele veio à minha casa, sentou no meu sofá, quis um uísque e eu providenciei. Não era o mesmo Caio. Dez dias distantes e ele não era o mesmo. A sua voz, os seus gestos, fui tendo a sensação de que a minha viagem tinha alterado algo nele. Homem sente devagar e tarde, custam a entender o que sentem. E, quando vem o sentimento, não sabem falar. Ficam presos. Caio teve raiva de mim por eu ter viajado só com a Juliana. Por mais que racionalmente dissesse que entendia, ele teve raiva de mim. Abandono, rejeição, sei lá. Como saber, se ele não fala? Quem sou eu para entender sua cabeça? Se está com raiva de mim, problema dele, deixa ficar mordendo a própria cauda. Possivelmente, está se angustiando com a fantasia de que nesses dias, em Paris, eu tive outro homem. Pensar na liberdade para eles implica ter sexo, tudo sexo. E isso eles não podem suportar. A preocupação maior deles é sempre essa. No fundo ainda é a prepotência de achar que o que têm entre as pernas é o melhor, o melhor para satisfazer a todas. Se mordem só de pensar como seria um outro para dar preenchimento à sua fêmea.

— Preparei um jantar para nós — eu disse.

— Não precisava se preocupar — disse delicadamente.

Jantamos, um vinho, mas nem assim, ele se aproximou de mim. A noite passou e não conseguimos chegar perto um do outro. Até que ele disse: "Já estou indo."

15

Tomando o café tirado na máquina, sentado à nossa mesa de reunião, reparei que Manolo tinha os cabelos ainda bem mais brancos do que antes de minha viagem, mas eu não disse nada.

— Olá, como foi em Paris? Deve ter te feito bem, você deu uma engordada — ele disse.

Homens. E eu preocupada em não afetá-lo na sua vaidade masculina. Pensei em revidar, mas recuei. Não valeria a pena.

— Foi muito vinho — eu respondi. — E por aqui, como vão as coisas?

Mais uma mulher rica o havia procurado para desvendar a traição do marido, mais um caso de filho de rico sendo chantageado por traficantes, mas esse caso Manolo recusou.

— Me meter com traficante eu não me meto. Atrás tem as milícias, a disputa ali é chumbo grosso. Conversei com

Evandro e ele mesmo me disse: "Não se mete com essa gente, ô cara." O Rio de Janeiro está assim, uma cidade sitiada. Os morros estão tomados por favelas e as favelas infelizmente estão nas mãos dos traficantes que exercem o poder do jeito que querem. O Rio é o lugar do país em que os bandidos se sentem mais à vontade e a polícia por sua vez também é a mais corrupta. Uma em cada três reclamações anônimas que chegam aos telefones da ouvidoria relata atos de corrupção policial. E isso está cada vez mais complicado com a atuação das milícias. O dinheiro fácil, minha cara, corrompe qualquer ser humano, é mais forte do que a ética e a legalidade. E o Rio é a cidade do Brasil que mais tem na sua história a prática da ilegalidade. E agora são as milícias que estão tendo forte atuação. Foram ganhando espaço e são verdadeiras empresas do crime, comandam a venda de bujão de gás, o acesso à TV a cabo, o transporte em vans e cobram o preço que eles querem. Por um lado, estão ameaçando o poder dos traficantes, mas como tráfico de drogas gera muito dinheiro a questão é: as milícias afastam o tráfico ou, eventualmente, o substituirão? Mas essa não é uma briga para nós. O nosso trabalho é outro.

Começou então a contar sobre o caso do deputado, entrando em divagações sobre a herança cultural brasileira, a ocorrência de práticas de corrupção por parte da elite tanto empresarial quanto política, a ilegalidade como norma.

— O sujeito tem de ser muito cara de pau, não acha? Ele consegue despejar dois milhões de reais dos cofres públicos numa ONG encarregada de fazer assistência educacional para crianças pobres. Essa ONG foi criada pelo cara que levantou a campanha para ele se eleger. Sabe-se lá de que forma foi feita essa campanha. Pois bem: esse tal cara, que iria dividir com ele pelo menos 80% dessa grana e arrumar as notas frias, embolsou tudo e ele agora não tem como provar que houve essa combinação.

— Qual seria a nossa função? — perguntei.

— Tentar encontrar provas que incriminem o sujeito.

Uma verdadeira charada, pensei. Mas era disso que Manolo mais gostava. Eu, particularmente, sentia-me estranha em trabalhar em uma situação como essa. Um deputado que usa uma organização não governamental como instrumento para roubar dinheiro público tem de ser denunciado, preso. No entanto, Manolo iria tentar encontrar provas para ajudá-lo a não perder um dinheiro a que, no fundo, ele não tem direito.

— Me interessa, sim, pegar esse caso. É uma forma da gente entender as articulações dessas ONGs. Sei que não são todas, mas há muitas funcionando assim, cujos dirigentes são subordinados a partidos políticos e simulam serviços que são de mentirinha. É bandidagem das feias.

— Nossa! É pra gente desanimar — eu disse.

— Desanimar por quê? Essa é a realidade, há séculos. A apropriação indevida do dinheiro público é uma forma incorporada à subjetividade brasileira. Temos uma constituição belíssima, das mais avançadas no mundo, mas que na prática não funciona. De uns anos para cá, a mídia tem feito o papel de delatar certas fraudes que antes ficavam completamente desconhecidas. Vende-se jornal, os jornais televisivos atingem níveis altos de audiência, mas tudo acaba em pizza. Eu sou um homem que perdeu as ilusões, mas que se interessa em conhecer os meandros dessas ilegalidades para entender até onde a lei que a gente tem nas mãos se aplica. Bem, vou fazer mais um café, você quer?

Aceitei. Ficamos ali, pensando em como deveríamos nos planejar.

Nessa noite não consegui dormir, fiquei avaliando o meu papel nisso tudo. Usar dos meus atributos femininos para investigar estava me enjoando. Por outro lado, eu sabia que Manolo me queria nesse trabalho justamente porque acredita na combinação do homem e da mulher como inteligências diferentes e complementares para executar nosso tipo de trabalho. E ele sabe que em determinadas situações eu funciono melhor do que ele. Fechei os olhos. Não adianta negar. Nasci mulher.

16

Simone acabara de chegar de um congresso em São Paulo sobre a prática de Direito nas universidades brasileiras.

"Ma chérie! Tu t'es amusée pendant les jours à Paris?"

Sua animação na caixa postal de meu celular. Vontade de encontrá-la, de dividir com ela as minhas reflexões a respeito de minha viagem com Juliana, a estranha recepção de Caio, os meus atuais conflitos com o meu trabalho. Confiança em Simone é absoluta. Não sei se por nossa diferença de idade, o fato é que entre nós não há nenhum tipo de competição. Simone vibra comigo, abarca com alegria as minhas vitórias e me estimula. Pessoa de opiniões fortes. A liberdade com que leva a sua vida é reflexo da liberdade interna que a habita.

Combinamos de jantar na sua casa, um apartamento no Leblon na quadra da praia. A decoração: móveis clássicos em madeira — uma cômoda inglesa, uma mesa de madeira rústica mineira – combinados com um sofá de tecido branco, almofadas de seda colorida, tapetes persas, cadeiras de Mies van der Hoe combinadas com as de Sergio Rodrigues. Nas paredes, de tudo: um Iberê Camargo, Tomie Ohtake, um Daniel Senise, um Gianguido Bonfanti, um belo desenho de Beth Jobim. Num canto do ambiente, uma televisão de plasma, caixas de som de iPod, situados numa estante toda branca de livros dos mais variados tipos. Simone tinha em suas raízes uma formação brasileira com os resquícios da francofilia que impregnou a elite no Brasil. À mesa posta, taças de cristal para o vinho e a água, jogos americanos de linho branco com bordados portugueses, talheres de prata.

Deu-me um forte abraço quando entrei.

— Saudades, mulher — ela disse. — Vamos abrir um champanhe para comemorar a sua ida e a sua volta.

Comecei falando de Paris, das exposições nos museus, dos franceses tendo de se adaptar ao novo costume da proibição do cigarro. Comentamos sobre a arquitetura clássica da cidade satisfazendo nossos olhos criados na dicotomia entre os países do "primeiro mundo" e as nossas origens portuguesas e africanas. E os costumes, a elegância do povo, demonstração da educação, do respeito, conceitos raros no mundo em que vivemos.

Se deixássemos a nossa conversa seguir por esse viés, não terminaria. E, no momento em que paramos para nos servir de mais champanhe, um silêncio, e eu disse que o melhor da viagem foi ter estado com Juliana. Simone parou para me ouvir.

Juliana nascera quatro meses depois de mim. Desde pequena estivemos juntas: fotos de nós duas vestidas de oncinha no carnaval; fotos de maiô na praia de Ipanema; vestidas iguais como damas de honra do casamento da tia Malu. Vida escolar no mesmo colégio, as mesmas festas de família. E foi a partir daquela noite em que Juliana conseguiu que o sono lhe viesse que nossas histórias não mais correram passo a passo. Juliana foi estudar em colégio estrangeiro; eu, não; Juliana teve um irmão; eu, não; Juliana tinha um pai e uma mãe, eu tinha apenas a minha avó. E eu tive medo de nos perdermos, medo de que os caminhos diferentes fossem aos poucos nos afastando. E, nessa viagem a Paris, nos vimos como se nunca tivéssemos deixado de estar perto. Simone concentrava seus olhos cada vez mais em minha fala. Abrimos uma garrafa de vinho.

— E você, como está? — eu perguntei.

Simone estava namorando. Advogado como ela, paulista, um viúvo sem filhos. Professor da USP à beira de se aposentar.

— Muito dedicado à vida acadêmica, alunos de doutorado para orientar, artigos e mais artigos para enviar às revistas acadêmicas. Só me quer nas horas vagas. — Simone ri. — Mas que posso eu querer? Não tenho mais tempo de abrir mão de meus propósitos para me dedicar a um homem. Nos vemos nos fins de semana, ou aqui no Rio ou lá, em São Paulo. Você sabe, eu sou uma pessoa eternamente conflitada. Quando estou casada, quero me livrar do marido, quando estou só, sinto falta de um companheiro. É um cara atraente, inteligente e educado. É um *gentleman*. Puxa a cadeira para eu sentar, abre a porta do carro para eu entrar, enche minha taça de vinho logo que esvazia, e a cada dia gosto mais disso.

Simone conservava seu jeito charmoso que não se esvaía pelas malhas do tempo. Vinham as rugas, as manchas na pele, mas ela cuidava com cremes e outros segredos. Esperta, sabia muito bem usar os artifícios adequados para cada homem que almejava conquistar. Quando viu o paulista no *vernissage* numa galeria em São Paulo, sentiu-se atraída e foi arranjando um jeito de chegar a ele.

Falamos de Caio, Simone não estranhou sua atitude.

— Homem é mimado. Tentam disfarçar, mas, quando se sentem relegados ao segundo plano, fazem birra — disse Simone.

Acabado o vinho, decidimos fechar a noite. Ambas tínhamos de acordar cedo.

Cheguei em casa, tirei os sapatos, a roupa, escovei meus dentes, passei meu creme no rosto, enchi a garrafa de água para levar para o quarto. Vesti a camisola, tirei a colcha, ajeitei bem os travesseiros – durmo com dois. Apaguei a luz. A escuridão do quarto, os olhos abertos para aquela escuridão. Fechei os olhos. A conversa sobre Juliana, imagens vindo e indo. Simone, Juliana. Imagens. Imagens. E, sem saber de onde, eu vi a imagem de minha tia chegando ao apartamento. Ali onde eu vivi com os meus pais. Ela chegando para me levar. Duas malas guardavam as minhas roupas, outra as minhas bonecas, outra os brinquedos. Eu tendo de sair daquela casa abruptamente, sem sequer voltar caso precisasse. Deixando lá. Tudo. Época de inocência e felicidade. Tudo ali naquele bater da porta. E eu, de tão criança, nem me dava conta de que o meu destino estava sendo desarrumado.

Lágrimas vieram e eu deixei. Mas eu precisava dormir. Teria um dia agitado no escritório.

17

Caio não me ligava fazia dias. Esse afastamento me incomodava. Vinham certos pensamentos: um possível esgotamento de nossa relação, falta de estímulo, quem sabe surgiu outra pessoa durante o tempo que estive fora? Sei lá. Liga e desliga. Os homens são assim, no Rio de Janeiro as coisas funcionam assim. Quando não há mais o mesmo interesse, quando acha que dali já tirou todo o caldo, desliga. Mas deixa pra lá.

Abri a porta dos fundos, peguei o jornal, coloquei o café e a água na cafeteira e, enquanto eu estava na cozinha, a Matilde chegou.

— Bom-dia.

— Bom-dia, Matilde — eu disse. — Está tudo bem?

— Tudo mais ou menos. Tive de ir ao dentista hoje cedo e ele me falou que eu vou ter de colocar uma tal de prótese aqui, nessa parte da boca. É tipo uma dentadura, né? Puxa vida, e é caro pra caramba!

Essa frase. E enquanto eu colocava o café na xícara, pensei se eu deveria pagar a sua prótese. Matilde, falando assim, estava esperando de mim essa atitude. Complicado. Relação complicada, misto de submissão e dependência. Um passado inscrito na nossa história. Como Anastácia e vovó. Dedicação à vovó, dedicação absoluta. Parece que, desde que nascera, no sangue de Anastácia já vinha impresso que o seu destino seria esse e só esse: trabalhar numa casa de família e servir a essa família integralmente, como as antigas mucamas. E vovó, vovó sempre teve por Anastácia um carinho especial, como uma "escrava de estimação". E, quando fui morar lá, Anastácia não se incomodou: mais roupas para lavar, uniforme de escola para passar; Anastácia perdia horas desembaraçando meus nós do cabelo, me punha na banheira e esfregava as minhas costas com a bucha quando eu chegava suada das aulas de balé; caprichava no pão de queijo, receita sua feita para mim todo café da manhã. E desde aquela noite, a pior noite da minha vida, em que ela me vestiu o pijama, me levou para escovar os dentes, me deitou e me cobriu com o cobertor, dizendo, "durma, meu bem, que Deus a abençoe", naquela noite ela abraçou uma causa. E essa causa era eu, a neta, marcada pela tragédia. Desde então, seria ela e ninguém mais, seria ela, só ela a cuidar das minhas roupas, a fazer a minha comida. No dia em que eu saí da casa da vovó, tentei lhe arrancar um forte abraço, mas ela recuou. Não estava aceitando aquela minha atitude, o porquê de eu deixar aquela casa, a minha avó. Eu não estava casando, não tinha homem nenhum me chamando para viver. Anastácia não entendeu.

E eu menosprezei a sua atitude, besteira dela, pensei. Mas para Anastácia a minha ida levava comigo a vida da vovó e consequentemente a dela também.

Terminei de tomar o café. Matilde estava no tanque juntando minhas roupas para lavar.

— Bom, Matilde, o que eu posso fazer por você é te adiantar um dinheiro e você me pagar em parcelas.

— Ah! Isso me ajuda, me ajuda muito. Nem sei como agradecer. Não se encontra mais gente boa como a senhora.

E, enquanto eu ia da cozinha para o meu quarto, enquanto eu abria a torneira do chuveiro para o meu banho, pensei na frase de Matilde. A minha bondade a que ela se referia estava impregnada de uma história, de um papel de que eu não conseguia me desvencilhar. Nem ela.

Acabado o banho, sequei o cabelo e fui. Dei um tchau para Matilde e ela respondeu com os olhos grudados no programa da TV Globo.

Carros e mais carros, um trânsito de alucinar qualquer um. Cheguei ao escritório falando desse assunto.

— Não tenho como te consolar. As cidades são um caos. Londres, Paris não sustentam mais o trânsito caótico, mesmo tendo um metrô extremamente eficiente que atende aos diversos pontos da cidade. São Paulo está cada dia pior, há muito adotou o sistema de rodízio e mesmo assim, quando há um problema no trânsito, chega a engarrafamentos de mais de trezentos quilômetros. O Rio não está muito longe disso.

Manolo se levantou para fazer um café e começou a falar do caso do deputado.

— O deputado exige que o tal sócio lhe dê sua parte do dinheiro a que julga ter direito, dinheiro público que ele usou ilicitamente. Uma questão está relacionada à justiça pessoal e a outra à esfera pública. Quem é mais promíscuo? Ele, que desviou dinheiro público, ou o tal sócio, que não lhe deu a sua parte no roubo? E nós temos que nos posicionar diante dessa história — disse Manolo.

O deputado não quer sujar suas mãos e chama o Manolo. Ele quem contratou o Manolo, ele quem paga o Manolo. Manolo fica tomado em desmascarar esse esquema, essa praga da nossa sociedade. Raro o político que não se dobre aos privilégios, à corrupção, à ganância. Meu avô foi um mestre nessa questão. Condenava a cultura dos que almejavam cargos de poder político como caminho para usufruir de privilégios de interesses pessoais, quando na verdade estavam ali para defender os princípios e as necessidades do povo. Vovô acharia que nesse tempo, no meu tempo, as coisas estivessem diferentes, mas não estão. E por isso eu estou aqui, por isso eu estou com Manolo.

18

Se não houvesse a internet não sei o que seria. Fui ao *site* da Câmara dos Deputados — "a casa de todos os brasileiros" — e vi todas as informações sobre o deputado: biografia, proposições de sua autoria, proposições relatadas, discursos proferidos em plenário, presença em plenário, presença em comissões, votação em plenário. Nasceu em 1952. Li dois dos seus discursos disponíveis na internet e deu para ter ideia do tipo de político que é.

Fui ao Google e escrevi o nome do seu sócio na ONG. O nome do sujeito estava ligado a um escritório de contabilidade e só. Fui à busca através do nome da ONG, o tal instituto de assistência social para as crianças. O *site* era bem-feito. Uma organização sem fins lucrativos provedora de conteúdo e de metodologias educacionais para comunidades carentes, criado em 2006, com sede em Jacarepaguá. Tinha lá os parceiros: nome de empresas que eu desconhecia. Dirigida pela fulaninha de tal, e aí que vi que o tal nome da fulaninha era o mesmo sobrenome do sócio do deputado. Ali estava. Um nome de mulher, esposa ou parente do sujeito. Do mesmo jeito que o deputado não colocava seu nome, ele, o sócio, também não. E pus o nome da fulaninha na internet. Lá estava ela como a presidenta da ONG. Formada em Direito por uma faculdade de Juiz de Fora de que eu nunca havia ouvido falar. Aí me veio à cabeça: o tal dinheiro provavelmente estaria na conta da fulaninha de tal, e pensei: desta vez meu assunto seria diferente, em vez de me aproximar do sócio, certo seria adquirir a confiança da tal fulaninha.

Sentei à mesa de Manolo animada.

— Grande! Que novidades — ele disse. — Quer dizer que, além dos fantasmas que ele e o deputado arrumaram, ainda tem essa mulher. Deve ser esposa. Ele contador e ela advogada. Que turminha! São profissões que, quando dão para a desonestidade, exercem isso com o conhecimento das leis tributárias e judiciais. É... essa turma não é fácil.

Meu celular tocou nessa hora e atendi. Era o Caio. Pedi licença ao Manolo e fui para a minha sala. Só de ouvir a sua voz me deu conforto. Não nos falávamos havia duas semanas. Ele tinha ido viajar, mas durante o tempo da viagem não entrou em contato comigo.

O tom de sua voz. Pelo tom eu sentia, havia se estabelecido uma distância entre nós. Ele perguntou se eu queria almoçar com ele e eu topei.

Marcamos encontro num restaurante ali perto do escritório. Caio estava sentado a uma mesa no canto. Discrição. Sempre muito discreto. Se levantou e me cumprimentou com um beijo no rosto. Perguntou o que eu achava de pedirmos uma meia garrafa de vinho e achei ótimo. O garçom lhe trouxe a carta, ele olhou, fez uma sugestão e eu aceitei.

— Como foi a sua viagem? — perguntei.

— Ah, foi bem. Estive com meu irmão. Ele agora é diretor internacional da empresa. Viaja muito. Cansa, mas ele gosta. O filho mais velho também faz engenharia como ele.

Quando o vinho chegou, Caio rapidamente entrou no assunto. Ele estava aflito, eu sentia. Tentou dizendo que nós tínhamos nos afastado e que então, e que então, e que então. E eu o ouvia sentindo, sentindo na sua voz. Até que lhe perguntei se ele estava com outra pessoa. Foi um alívio para ele. Queria me contar, mas não conseguia. Queria omitir, ao mesmo tempo queria que eu soubesse. Sei lá? O que importa? Tomei um gole de vinho e disse: Tudo bem. Quando veio a comida, Caio ainda tentou um diálogo, obtendo de mim respostas monossilábicas. Fui sentindo um mal-estar que me subia por dentro, atingindo a cabeça. Por pouco me faria chorar. Mas me segurei até o final. Ele pagou a conta e, chegando à porta do restaurante, me deu um beijo no rosto novamente. Eu disse tchau e saí.

Dobrei a esquina da Avenida Rio Branco. O movimento elétrico das pessoas vindo em sentido contrário ao meu andar. Um movimento contra mim, parecia contra mim. Segurei firme a minha bolsa e continuei caminhando. Parei no sinal da São José. Caio desistiu. O sinal fechou. Me veio logo a minha avó, do dia que vi o barbudo com a sua família na pizzaria. Me lembrei como tive dificuldade de andar para sair da pizzaria naquele dia. Me lembrei de eu chegando em casa, do cafuné que vovó fez na minha cabeça, sentada na sua poltrona *bergère*. As lágrimas vieram por detrás dos óculos escuros. As pessoas que caminhavam na Rio Branco não notavam as minhas lágrimas. Manolo me esperava e eu tinha de voltar, mesmo com aqueles olhos. Entrei no escritório, ele estava na sua sala falando ao telefone. Falei "oi" e fui para o meu canto. Tive vontade de ligar para a Simone, mas estava sem forças.

19

É assim, liga e desliga. Dias incuti na minha cabeça que pouco me importava a ida de Caio. Tenho uma vida boa, eu não preciso dele. Sou só, sempre fui só. Eu sei ficar só.

Mas foram dois anos com Caio, dois anos tendo a sua voz na minha secretária eletrônica quando chegava cansada de trabalhar. A sua voz na caixa postal do meu celular pedindo que eu ligasse logo que possível. A sua voz me buscando, a sua voz me querendo. Quanto conforto me deu a simples existência da sua voz. Nos víamos pouco, é certo, apenas nos fins de semana e ocasionalmente nas quintas-feiras. Quartas-feiras, não, ele gostava de ver futebol na TV. Um dia se passara, dois, três e eu fui sentindo como se fosse uma luz que acendesse de repente: lembranças passaram a me surpreender involuntariamente. Quando eu me deitava na sua cama, quando dormíamos juntos em sua cama, sentia um aconchego que só a proximidade dos corpos dá. O cheiro, o toque, ele com suas mãos e eu sentindo ele me pegar.

Sempre gostei do jeito de ele me pegar. Foi desatenção. Eu tinha muita certeza que Caio queria estar comigo. Mesmo sabendo que eu não era mulher para ele, mesmo assim ele me quis. E essa sua vontade me dava certeza. Certeza. E agora penso: foi essa certeza que me fez deixar de estar com ele quando eu ficava inteiramente entregue às minhas investigações. Ele calado, não dizia nada, não reclamava. Homem cala, mas não consente. Cala e depois sai. Simone concorda comigo. Se ao menos tivesse reclamado das minhas ausências, se ao menos tivesse exigido de mim... Mas não, Caio calou. E o seu silêncio foi deixando, deixando até se esvair. Ou não foi nada disso, ou foi a outra que veio? Eu nunca saberei o porquê. Então, deixa pra lá.

Decidi. Tenho muitos amigos, muitos convites, e passei a aceitar todos. Encontros com o grupo com que estudei filosofia durante sete anos, encontro com o pessoal da ginástica, encontro com os advogados que se formaram comigo. No Rio de Janeiro não se sente solidão. Basta ir caminhar na praia aos domingos, ou na Lagoa, ou no Jardim Botânico. Sempre tem gente. Sempre. Gente que a gente conhece. Gente que circula sempre pelos mesmos bairros da cidade. Guetos que vivem sempre pelos mesmos lugares. Funkeiros, surfistas, motoqueiros, sambistas, banqueiros, estilistas, putas, peruas vivem em guetos. O Rio abarca todos. O Rio abarca qualquer coisa. Eu não faço parte de apenas um gueto, tenho vários, e todos na Zona Sul. Sou da Zona Sul, nasci na Zona Sul. E isso me determina ser de um jeito, me constitui. E circulando na Zona Sul, andando pelas praias ou Lagoa, indo ali e acolá, é que eu vou conseguir viver, viver sem o Caio.

20

Acordei para dar uma caminhada e liguei logo o meu celular. Tinha recado na caixa postal. Senti um frio na barriga pensando em Caio. Mas não, era Manolo pedindo que eu entrasse em contato logo que pudesse. "A mensagem foi depositada às duas horas e dez minutos", dizia a voz eletrônica.

— Oi, o que houve? — perguntei.

— Estou indo para Porto Alegre. Meu filho teve uma crise, a mãe dele me ligou, preciso dar um pulo lá — explicou.

— Alguma coisa grave?

— Não, mais uma daquelas. Mas não demoro. Te dou notícias. Vá em frente com o nosso planejamento.

Incrível. Manolo parecia uma máquina. Em sua cabeça parecia haver um fichário com seu cotidiano catalogado, tudo previsto para acontecer como ele achava que deveria acontecer. Ir ver seu filho. Quanto tempo lhe tomaria?

Pouco importa o que encontraria por lá, ele ficaria aqueles tantos dias que tinha predeterminado. Seu filho vinha tendo problemas, seu filho era um problema. Filho que tivera sem querer, com a mãe que não queria, gravidez planejada pela mãe para fisgá-lo. Teve até casamento. Mas bastou o neném nascer que Manolo pulou fora. Já desde aquele tempo ele sabia que não era homem para ter família, mas a namorada forçou. Muitas mulheres creem que com a vinda de um filho conseguirão mudar o homem. Bobagem. Manolo não queria mudar.

Manolo só teve esse filho. Mora em Porto Alegre, para onde foi desde a saída de Manolo do casamento. A mãe fora morar com os pais e o menino foi criado pelos avós. A mãe saía, saía muito. Manolo continuou no Rio, para onde o menino vinha de vez em quando ficar com o pai. Manolo não mudava a sua vida por causa do filho, deixava-o com a empregada e saía. Noites chegava tarde trazendo uma mulher que dormia na sua cama, cedo o menino via a mulher, cada dia uma mulher diferente, cada dia recebia cafuné de uma mulher diferente. Seu filho estudava em boa escola, médico bom, nada lhe faltava. Contanto que não atrapalhasse a sua vida, Manolo lhe dava tudo.

Agora o filho está assim: psiquiatra, psicanalista, clínica. Manolo foi vê-lo. A mãe chama e ele vai, mas não gosta de ir. Não gosta de saber que tem um filho já nessa idade, um filho que não sabe o que quer, um filho que não quer nada, ele diz, "e aí inventa essas coisas, uma pedra no meu sapato", diz o Manolo.

Saí da cama ainda com a cabeça pesando, pensando nesse filho pedra no sapato. Rejeitado.

Tomei um café reforçado para segurar a minha cabeça, Matilde chegou, nos falamos rapidamente e saí. Já que Manolo não iria, eu queria chegar cedo ao escritório.

A essa hora o trânsito flui melhor. Gosto de sentir o movimento da cidade, as pessoas na calçada apressadas vestidas para o trabalho: garis de laranja varrendo as folhas caídas no chão, um homem de terno cinza e pasta na mão entrando no ritmo do dia a dia. Parei no sinal e vieram dois garotos para a frente do meu carro lançar bolinhas de tênis no ar. Não tenho nenhum biscoito para lhes dar. Dinheiro eu não dou.

Parei o carro no lugar de sempre, atravessei a Rio Branco no sinal de sempre, cumprimentei com "Bom-dia" o Manuel que há anos me leva pelo elevador até o nono andar.

Abri a porta do escritório. Não tinha recado nenhum na secretária eletrônica. Mantive-a ligada. Não queria que me atrapalhassem. Puxei a gaveta e peguei o papel com as anotações feitas com Manolo.

1. Mandar *e-mail* para a ONG pelo contato oferecido no *site* me dizendo voluntária, querendo contribuir com algum trabalho social.
2. Ir ao endereço da ONG em Jacarepaguá.
3. Um mandado de busca no local.

It doesn't make sense. Mas é assim, assim mesmo. Manolo sabe, é fundamental eu me aproximar da fulaninha de tal. E ele tem razão. Para esse tipo de investigação quanto mais próximo chegamos dos envolvidos, quando conseguimos estabelecer um vínculo supostamente pessoal, é que todos os segredos, as falcatruas são reveladas.

Pensei em escrever um *e-mail*. Para esses casos usamos o servidor de nosso *site* mbadvogados. Pensei e desisti do *e-mail*. E se eu me fingisse de uma mulher burra, empolgada com a ONG, ávida por conhecer o trabalho da ONG?

Pulei a etapa um e fui direto lá. Chegando ao endereço, me deparei com uma porta pequena ao lado de uma loja de material elétrico. Sem placa, sem letreiro, apenas um porteiro eletrônico com visor. Ao responder que eu tivera contato com a ONG pela internet sabia que eles estariam me vendo pelo visor. Uma mulher na minha idade vestida da maneira que eu me vesti, maneira apresentável sempre sugere respeito. Disse com voz melosa de perua, que eu queria fazer um trabalho social e estava ali então para conhecer. Eles abriram-me a porta. Uma escada íngreme me levou a uma sala de espera no segundo andar. Um sofá de três lugares de um estampado com flores largas, uma mesa com um vaso com flores artificiais, um telefone e um bloco para a secretária que ali estava sentada. Um galão de água no canto junto a uma planta de pé também artificial. Nada nas paredes.

A secretária tinha cabelos castanhos encaracolados e curtos, um vestido azulão, um decote generoso mostrava parte do seio. Silicone certamente. Unhas num vermelho vivo, lábios pintados na mesma cor. Brincos grandes de argola dourada. Não usava óculos.

— Posso ajudar em alguma coisa? — me perguntou.

— Sim, querida. Sabe, eu vim conhecer a ONG de vocês. Estava pesquisando na internet as ONGs que fazem trabalhos com crianças. Sabe, eu sou apaixonada por criança. Não tive filhos, não posso, entende. Então... quem é a diretora dessa ONG?

E a idiotinha falou o nome da fulaninha de tal.

— Ela deve estar chegando daqui a pouco. Se quiser esperar, fique à vontade.

Sentei-me no sofá de estampado grande, peguei uma revista feminina que estava na mesa ao lado. O telefone tocou, a secretária disse que ela não estava.

Desde o início do século 20, quando substituiu o espartilho, o sutiã se transformou num poderoso aliado do corpo feminino, instrumento perfeito para realçar, revelar, esconder e seduzir.

Dizia a matéria da revista.

— Aceita um café, uma água?

— Um café — eu disse.

— Açúcar ou adoçante?

— O meu é sem nada — respondi.

Você sabe negociar seu valor no trabalho? A mulher se mostra insegura, sente-se numa terrível saia-justa quando precisa dizer que merece um aumento. No que se refere a vender o próprio peixe, temos muito a aprender com os colegas do sexo masculino.

O universo feminino continua buscando se amoldar aos novos tempos e as revistas expõem nitidamente: sedução, independência, mundo profissional. Já sei, a próxima matéria será sobre sexo e sobre a função materna. A supermulher tem de dar conta de tudo.

Enquanto folheava a revista, ela chegou.

— Olá, muita gente me procurou? — perguntou à secretária.

— Algumas.

— Venha à minha sala — ela disse.

E ao se virar viu que eu estava sentada no sofá.

— Boa-tarde. O que deseja?

Antes de eu falar a secretária disse que lhe explicaria lá dentro. E entraram.

Devia ter por volta dos quarenta anos Cabelo preto, muito preto, e pele clara. Usava saia preta, uma bata branca e salto alto. Nitidamente não estaria voltando de nenhuma favela ou comunidade carente, pensei.

Continuei a folhear a revista.

Novos usos do botox. A toxina botulímica é a queridinha de pacientes e dermatos para aliviar as rugas.

Pensei subitamente em Caio. Ele achava um exagero a mulherada com a testa esticada, a sobrancelha arqueada. Tudo falso.

A secretária abriu a porta me pedindo que entrasse.

Sentada à mesa, a fulaninha se levantou para me receber.

— Muito prazer — dizendo o seu nome e me estendendo a mão num ato de formalidade. Mas antes que eu respondesse, segurou no meu colar, uma bijuteria feita de pérolas falsas e corrente prateada, e disse: — Que belíssimo colar, hein?

— Você gosta?

— Eu adoro pérolas — ela disse.

Essa sua atuação me deu dados preciosos para eu saber como deveria me comportar. Mulher tem essa mania de observar o vestir das outras mulheres. De apreciar, invejar. E ela, pelo visto, era das que não conseguem se conter em manifestar esse seu sentimento.

Quando ela me falou desse jeito, detonou em mim uma maneira de falar que eu nunca praticara com ninguém das minhas relações. São inúmeros papéis que tenho de representar, mas dessa vez esse era inédito.

Apresentei-me como uma pessoa que não trabalha, querendo se sentir útil. Numa voz melosa, eu disse:

— Eu quero contribuir, sabe, contribuir de alguma maneira para melhorar a vida das crianças. E acho que você pode me ajudar. Pelo que eu vi no *site*, vocês aqui fazem trabalhos nesse sentido, não é?

Ela começou a me relatar sobre o trabalho da ONG. Falava com certo orgulho, enaltecendo a importância de dar conta desse ponto carente da sociedade brasileira.

— Considerando os descasos com a saúde, a educação, a habitação, as necessidades básicas do ser humano, a sociedade civil precisa contribuir — ela disse.

— Poxa! Como você fala bonito! Ah! Acho que vim para o lugar certo. — E ela não me respondeu. — Pois é, e a gente vendo essas crianças viverem do jeito que vivem, sem ter educação. Mas que bom vocês existirem, isso me traz esperança, entende?

Continuamos a conversa por mais alguns muitos minutos. Perguntei sobre a sua formação e ela confirmou:

"Sou advogada." O seu discurso era perfeitamente ajustado às aulas que temos nas universidades. Quanto a mim, ou melhor, quanto à minha personagem, achei conveniente dizer que eu infelizmente não tinha formação universitária, que o meu negócio era simplesmente ajudar. E ela gostou.

— Gostei de você — ela disse. — Acho que teremos muito que fazer juntas. Dê uma olhada nisso aqui e depois voltamos a conversar, tá bem, querida?

Deu-me, então, um livreto sobre a ONG, seu cartão com seu telefone celular e ainda um convite para um jantar beneficente na Barra da Tijuca.

— Conto com você lá — ela disse.

Nos despedimos com beijinhos no rosto e saí da sala sorridente, dando um "tchau" meloso para a secretária.

Desci as escadas com vontade de rir. A calçada era estreita para o número de pessoas que ali circulavam àquela hora do dia. Por instantes, senti um branco de onde havia parado o meu carro. Era para a direita, num estacionamento.

No momento que dei a partida, senti a insegurança de estar saindo dali, um lugar com que eu não tinha a menor familiaridade, com o dia já escurecendo. Preferi não me aventurar pela Linha Amarela, as histórias de assalto ali vinham sendo uma constante. Além disso, eu não precisava voltar ao escritório, Manolo não estava lá. Optei pelo caminho da Barra da Tijuca e enfrentei um engarrafamento daqueles em São Conrado.

21

Acordei com a cabeça pesada. Tinha saído à noite com amigos. A bebida não me fizera bem. O barulho do bar, a excitação das conversas, três advogadas, eu e mais três advogados falando sobre a atuação do Tribunal de Justiça. Bebemos. Falamos muito e bebemos. Um deles resolveu me deixar em casa. Chegando ao meu edifício, parou o carro e perguntou como estava o Caio. Eu disse que havíamos nos separado, ele então se ofereceu para quando eu quisesse, era só procurá-lo. Saí do carro. Quisesse o quê? Quando a minha libido estiver a perigo é só pegar o telefone, o celular de preferência, e lhe dizer: olha eu estou a fim? E aí vem ele com sua máquina poderosa e pronto, está resolvido?

Não quero mais assim. Houve época que eu nem ligava. Manolo, João ou José, cinquenta, trinta, vinte, pouco importava a idade, eu estava ali, para satisfazer o meu desejo. Experiências. As agradáveis e as desagradáveis, cheiros e peles que não se combinam, ritmos que não se encaixam.

Não quero mais. Caio: isso ele me deixou, deixou o gosto pela experiência do aconchego, da intimidade. Essa proposta do meu amigo não tem lugar em mim.

Acordei fraca. Fraca, a palavra seria essa. Sentindo-me insegura, incapaz de dar conta do meu trabalho, achando que eu deveria ter escolhido outro caminho, optado por outra área e não a advocacia criminalista. Mas quem pode me explicar o porquê de eu ter ido procurar o Manolo, de eu ter me convencido de que era por ali? Agora, estou nisso, inteiramente envolvida, contaminada.

Acordei assim. Manolo não estava por perto, e era com ele que eu poderia dividir essa minha atuação com a tal fulaninha. A mulher é esperta, e isso me preocupa. Fechei os olhos e veio rápido a voz de minha avó me dizendo que "tudo vai dar certo, vai dar tudo certo".

Vovó me disse isso várias vezes: véspera da prova para o vestibular, véspera do concurso para a OAB, fechava os dedos dentro da palma da mão, apertava os lábios e dizia, e sempre que eu ouvia dela essa frase eu me sentia mais firme, acreditando que as coisas iriam mesmo dar certo.

Liguei para o Manolo. Estava precisando.

— Como estão as coisas por aí? — perguntei.

— Médio.

— Como assim?

— O médico dele, o psiquiatra, disse que ele está numa crise aguda e precisa de mim.

— E você então vai ficar mais tempo por aí — eu disse afirmativamente.

— Não, não. Eu não posso, tenho que trabalhar.

— Mas peraí, Manolo, sendo uma questão de saúde, deixa que eu seguro as coisas por aqui.

— Não, não. Completando uma semana eu vou.

— Olha, veja bem, hein?

— E como estão as coisas por aí?

— Estive na ONG.

Manolo ficou surpreso com as minhas atitudes.

— E se ela já te passou o celular é porque você inspirou confiança. Continue mantendo a sua versão perua que isso vai dar certo.

Desligamos. Isso vai dar certo.

22

Juliana me escreveu contando que seu filho conseguira o prêmio maior de natação para a idade dele. O tom do *e-mail* era de intensa felicidade. Juliana fizera a sua vida para isso: ter uma família, viver para a família. Fora estudar nos Estados Unidos, deu aulas em universidades australianas, mas eu sabia que a sua felicidade só se tornaria plena na vida em família.

A história de cada um. Um traçado. Como se uma mão invisível fosse desenhando os caminhos a cumprir. O que define o caminho são as escolhas e os acontecimentos. Entre mim e Juliana, fatos da nossa história no início de nossas vidas eram muito semelhantes, mas, a partir de certo momento, não. Acontecimentos, diferentes acontecimentos modificaram. E ela hoje está lá e eu aqui.

Eu tinha de lhe responder o *e-mail*. Eu tinha de contar sobre o Caio.

"Oi, querida prima, gostei das boas notícias. Parabéns!!!!!!!! Sei que por detrás dessa vitória tem um empenho seu em levá-lo às aulas, aos treinos. Admiro a sua dedicação. E é natural que, vindo o resultado, você se sinta assim felicíssima." E continuei: "Bem, por aqui as coisas vão indo. Trabalho sempre na mesma, casos a desvendar, cada um pior e mais sujo que o outro. O chato é que Caio e eu terminamos."

"Ora, mas que chato!", ela escreveu. "Não sei, fico pensando nessa outra pessoa que apareceu. Será que o conquistou mesmo? Pelo que você me passou, ele tinha larga admiração por você, gostava de estar com você. Se bem que ele parecia querer mais e você sempre colocando barreiras. Talvez tenha sido por isso que outra pessoa conseguiu entrar. Triste, acho sempre triste o término de um relacionamento. Acredito tanto nisso, na possibilidade de vida em comum, acho que crescemos muito mais quando compartilhamos com os outros as nossas vidas, fraquezas, inseguranças e vitórias. Mas nem sempre as coisas se dão. A junção de duas vidas depende de vários fatores. Mas, quando o encontro se dá no momento certo, é bom. Bem, a vida a dois nem sempre é fácil, exige muita paciência, mas eu não sei viver só, preciso ter gente à minha volta. Não sei se é esse o seu caso, você, diferentemente de mim, se acostumou a viver só."

Acolhi o pensamento de Juliana. Mas não sei se concordo totalmente. A solidão também nos ensina. Às vezes tenho vontade de me isolar, ficar em casa sozinha, como monges e eremitas que adquirem sabedoria se isolando num templo. Ando cansada. Conviver demais me exaure. Sozinha não teria de me deparar com um deputado que burla a lei, com seu sócio safado, com uma fulaninha de tal que tem valores tão superficiais. O mundo me enjoa. Acho que não sou capaz de viver junto. Talvez nisso Juliana tenha razão quanto ao rompimento de Caio. Mas não posso ficar matutando sobre isso, eu tenho de pensar na fulaninha.

23

O Rio de Janeiro continua lindo! Conversa para inglês ver. O Rio de Janeiro nunca mais será aquele. O Rio está armado, de ponta a ponta. A sua beleza natural já não protege. Nova York, Chicago, Madri, Paris, Londres, todas as grandes cidades vivem sob o domínio do medo, seja pela ameaça de um ataque terrorista, de um homem-bomba, seja pela vulnerabilidade a um tiro num assalto, num sinal de trânsito.

É uma cidade sem garantia. Em qualquer lugar, a qualquer momento você pode morrer. Não há proteção por parte da polícia, do Estado, nada. A violência aqui se propaga como erva daninha. De dia, de noite, tem assalto a qualquer hora. Por isso, tem noites que prefiro tomar um táxi.

Eu tinha de ir ao jantar beneficente para o qual a fulaninha de tal me convidara. Era na Barra da Tijuca, num restaurante, numa churrascaria. A secretária siliconada da fulaninha de tal estava na porta, de pé atrás de um pequeno balcão. Usava um vestido azul-céu, colares caíam sobre seus seios. O cabelo estava preso.

— Olá, querida — eu disse.

— Olá, ainda bem que a senhora veio.

— Não, por favor, não me chame de senhora — reagi.

— Quanto é para pagar?

— Custa duzentos e vinte reais.

Tirei o dinheiro da bolsa e paguei.

O restaurante estava cheio. Muitos casais na faixa de mais de sessenta anos de idade. Homens de terno e mulheres vestidas com afetação. Algumas exageravam nos dourados e estampas de oncinha. Eu tinha escolhido para mim um *tailleur* na cor creme, brincos e colar dourados. Mas olhando ao redor me dei conta de que havia me vestido suave demais.

Mantive-me de pé olhando os lugares ainda disponíveis quando vi a fulaninha de tal aproximando-se.

— Mas que prazer vê-la aqui. Você está linda!

— Obrigada — eu disse. — Ora, eu não poderia faltar.

— Está sozinha?

— Estou.

— Então, vou colocá-la na minha mesa.

Imediatamente pensei em Manolo. Ele não acreditaria. Era muita sorte. E me veio a frase de vovó: "vai dar tudo certo."

Era uma mesa de seis lugares. A fulaninha me apresentou a um sujeito.

— Esse é o meu marido.

O outro casal me foi apresentado como senhor e senhora Milton Nogueira. Sentei-me. Ao meu lado, um lugar vazio.

O "meu marido" tinha mesmo cara de seu marido. Vestia terno em tom azul com uma gravata amarelo-ouro, o cabelo preto esticado para trás com gel, um anel dourado com uma pedra em tom vinho. Sorriso grande demais.

Ajustei minha voz para o tom, aquele tom, e respondi à sua pergunta sobre o meu interesse na ONG.

— Ah! Sou muito preocupada com as crianças pobres, que, coitadas, não tiveram oportunidades, quer dizer, pior, tiveram uma vida sofrida, muito sofrida.

— Infelizmente temos no nosso país essa realidade, alguns vivem pior que os animais domésticos.

— Isto é incrível mesmo — intervém a senhora Nogueira. E pelo seu olhar eu senti que ela deveria ter cachorro em casa. E tinha. Me contou que possuía duas fêmeas, poodle toy, minúsculas.

Os garçons passavam as bebidas. Servi-me de um *prosecco* e no primeiro gole me certifiquei de que não havia feito uma boa escolha. Mas no papel em que eu estava ali, eu tinha mesmo de beber um *prosecco*. A senhora Nogueira não quis, preferiu uma Coca Zero. O senhor Nogueira e o marido da fulaninha foram de uísque. A marca era Grant's.

A fulaninha de tal circulava por todas as mesas, falando com desenvoltura. Nitidamente, o papel social cabia a ela e não ao marido. Observando isso, perguntei a ele:

— Você também trabalha para a ONG?

— Não.

— Puxa, mas um trabalho tão bonito como esse não te atrai?

— Não é bem isso. Tenho outros negócios.

E não falou mais nada. E pensei que seria melhor eu também me calar. Esse homem é esperto, claro que é esperto, senão não teria dado esse golpe no deputado. E com homem esperto eu não brinco. Eu tenho que me manter no meu alvo e o meu alvo é conseguir me aproximar o quanto puder da senhora sua esposa.

Os garçons passavam os salgadinhos. A senhora Nogueira, reparei, gostava dos bolinhos de fritura. O senhor Nogueira também. Não pareciam nada preocupados com as recomendações de uma época em que o essencial é conter o prazer em prol do baixo colesterol. Não. Nem a senhora nem o senhor Nogueira. Estavam gordos, e assim seja.

De repente, a voz da fulaninha de tal ao microfone.

— Meus caros senhores e senhoras. É com enorme satisfação que recebo vocês para esse jantar em prol do bem-estar infantil. É nosso dever cívico contribuir para a educação das crianças de nosso país, daquelas que muitas vezes não têm o que comer, o que vestir e muito menos acesso aos livros, ao conhecimento. E os senhores estão aqui para dar a eles acesso a uma vida mais digna. São crianças muitas delas abandonadas pelo pai, cujas mães trabalham fora e não têm condição de educá-las adequadamente. Algumas vivem na rua e são exploradas. Todos nós aqui, tenho certeza, já passamos diversas vezes pela tão comum situação do sinal de trânsito em que vemos crianças fazendo malabarismos com bolinhas de tênis para conseguirem de nós alguns trocados. Ou aquelas que vendem balas, amendoins. Não era para elas estarem ali, era para elas estarem estudando. Temos de terminar com isso.

Palmas do público.

— Temos de terminar com isso, e nossa ONG tem esse objetivo. Temos trabalhado para dar assistência escolar para essas crianças, promovemos eventos esportivos, gincanas, festas, e a contribuição dos senhores é fundamental para continuarmos esse trabalho. Só desta forma conseguiremos estancar a situação de violência que vivemos nesta cidade. O Rio de Janeiro está tomado pelo tráfico de drogas, pelas milícias, e esses indivíduos se aproveitam dessas crianças indefesas, sem instrução, que vivem na miséria, para explorá-las prometendo uma vida melhor através da venda de drogas etc. Dão a essas crianças armas, imaginem, para seres que não têm noção do que estão fazendo, não têm consciência de seus atos. E essas crianças matam para sobreviver. Estamos aqui para nos aliarmos nessa luta, para darmos condições de essas crianças mudarem mudando assim a nossa sociedade. Investir nas crianças é o maior investimento que vocês podem fazer para melhorar as nossas vidas e a das novas gerações. Pensemos nos nossos netos: se nós não atuarmos agora, imaginem que mundo eles terão de enfrentar? Por isso, a nossa ONG está aberta para receber doações de todo tipo. A minha secretária naquele balcão estará de plantão durante todo o nosso jantar para receber o que os senhores puderem doar. Obrigada a todos.

Os aplausos foram estridentes e demoraram mais de um minuto. O discurso da fulaninha de tal me impressionou. Certamente a retórica adquirida na faculdade de direito em Juiz de Fora lhe ensinou a utilizar as palavras convincentemente. O público presente, principalmente o feminino, iria se sensibilizar com as suas colocações. A senhora Nogueira ficou encantada.

— Meu bem — disse dirigindo-se ao marido. — Fico horrorizada, temos que ajudar! Vai preparando o cheque que eu faço questão de pessoalmente levar para a moça.

Pronto. Eis aí o resultado: só neste jantar a fulaninha de tal conseguiria arrecadar uma boa quantia sem nota fiscal, sem nada. E em que conta iria parar esse dinheiro?

Quando foi servido o jantar, a fulaninha veio se sentar à nossa mesa e eu fiz questão de me levantar para cumprimentá-la pelo discurso.

— Nossa! Fiquei encantada! Você fala muito bem, disse tudo o que eu penso...

E fiquei nisso, sem me aventurar a fazer nenhuma proposta quanto a minha atuação junto à ONG. Ainda tinha de elaborar melhor tudo o que eu presenciava ali.

Enquanto esperavam a sobremesa, muitos se levantaram em direção à secretária. Na maioria mulheres já com um cheque pronto na mão.

Restava-me observar, só observar. Eu precisaria de Manolo. Ligaria no dia seguinte.

24

Acordei no meio da noite e dessa vez foi o meu pai. Ele estava sentado na sala da minha casa, da minha casa e de minha avó. Sentado na cadeira *bergère* de vovó. Vestia *jeans* e camiseta branca e me chamava para que sentasse no seu colo. Fui correndo. Ele começou a fazer cosquinha no meu pescoço com a sua boca e eu rindo. De repente chega o Manolo e me chama. E eu vou para a sala de jantar onde Manolo me mostra uns papéis.

Sonhos não têm lógica. Acordei nesse momento e fiquei sem entender o que o papai estava fazendo com o Manolo. *It doesn't make sense.*

Olhei o relógio digital e resolvi levantar, caminhar na praia antes de ir para o escritório. Mas antes de tudo liguei para o celular de Manolo. Estava fora de área e me dei conta de que era esse o dia em que voltaria de Porto Alegre, impreterivelmente, como ele disse. Não sei como está a situação de seu filho, mas é provável que Manolo tenha deixado a situação como está e vindo para o Rio. Deixei logo um recado em sua caixa postal.

E, quando eu estava debaixo do chuveiro, o telefone tocou, tocou e eu enxuguei as mãos para atender porque sabia que era o Manolo.

Ele já estava no aeroporto e ficou indócil ao saber aonde eu tinha ido a noite anterior. Mas os detalhes eu contaria pessoalmente no escritório.

Manolo me escutou. Contei em minúcias o discurso da fulaninha de tal, a coleta dos cheques pela secretária siliconada. Quando eu lhe falei da secretária, ele levantou a sobrancelha.

— E essa secretária. Qual a ligação dela com a fulaninha?

— Não sei. Por quê?

— Provavelmente é ela quem faz os depósitos. Resta saber em que conta ou contas.

O raciocínio de Manolo estava certo. Aquelas doações certamente não iriam integralmente para a conta da ONG. Vivendo nesse país, vivendo no Rio de Janeiro, no antro da malandragem, sabendo de tantas histórias de ONGs que funcionam na desonestidade, é óbvio que as doações não iriam todas para uma conta só. Doação é a forma fácil de ganhar dinheiro, pois, dependendo da quantia, não tem tributo. E, enquanto Manolo falava, eu me lembrava da cara da secretária no balcão à porta de entrada. Ela sabia cobrar, receber os cheques, ela saberia orientar o doador. E eu fui lembrando do tal do jantar, fui me lembrando do jeito da fulaninha, as suas palavras, a sua retórica convincente, e foi me dando uma raiva, uma raiva, raiva daquela cara, da cara da fulaninha, da fulaninha que é capaz de criar uma ONG de assistência infantil e se dar bem com isso, manipulando o que pode para ganhar dinheiro fácil. Raiva, raiva.

Fui para a minha sala considerando as recomendações de Manolo. Abri meus *e-mails*. Nossa! Mais de trinta. E meus amigos insistindo para que eu entre no Facebook. Nada! Não quero nada com Facebook, Orkut, nem com Twitter. Eu não posso. Não posso me expor. Pelo contrário, faço um trabalho em que a necessidade maior é o sigilo absoluto. O escritório tem um *site*, mas com o mínimo de informações sobre nosso serviço. Um *e-mail* para contato. Imagine se eu posso colocar minha foto na rede, meu perfil, meus desejos. Não dá. Me limito ao *e-mail*. É o que posso.

Tinha um *e-mail* de Simone me convidando para um espetáculo do Grupo Corpo no Municipal. Aceitei imediatamente. Certo que verei um bom espetáculo. Acompanho o grupo há anos e fico muito impressionada com a capacidade de inovação da associação do corpo, da dança, aos ritmos brasileiros. Uma vez assisti a eles em Miami, com a plateia cheia. Foram ovacionados no final.

Combinamos de nos falar daqui a dois dias. Simone se encarregava de comprar as entradas, ela levaria o namorado novo para eu conhecer e um amigo para me acompanhar. "Tudo bem para você?", perguntava. E eu respondi: "Tudo bem, bjs."

25

A primeira vez que fui ao Teatro Municipal tinha cinco anos. Balé Quebra-Nozes. Fui eu, mamãe, papai e a minha avó. Mamãe me colocou um vestido de festa rosa e branco dizendo que ir ao Municipal era como se fosse a uma festa. Papai estava de terno e gravata, mamãe num vestido de seda azul com um decote. E nesse decote eu deitei o meu rosto enquanto estávamos no carro a caminho do Municipal. Mamãe, sentada atrás comigo, deixou que eu ficasse ali, sentindo o cheiro do seu perfume, o cheiro do seu batom. Ainda hoje, quando sinto cheiro de batom, me lembro de minha mãe. Vovó ia no banco da frente com o papai e estava com um aplique de plumas no cabelo. Vovô ficara em casa, adorava ir aos concertos de música clássica no Municipal, mas de balé ele não era muito fã.

Depois que papai deixou o carro com o manobrista, caminhamos e eu vi aquela escadaria enorme, as portas enormes da entrada. E, entrando, o teto, outra escada enorme com um tapete vermelho, muita gente, eu via muita gente. Tinha umas meninas vestidas que nem eu, de vestido de festa. E nos olhávamos. Reparava no vestido, no sapato — o meu era branco — e no cabelo arrumado. Eu usava um arco branco.

Sentamos na plateia e papai se preocupou em escolher um lugar para mim que não tivesse ninguém muito alto na frente. Uma sirene avisando o início do espetáculo, as pessoas fizeram silêncio.

Abriram a cortina enorme de veludo e aí eu fiquei sem ar. Não conseguia acreditar no que estava vendo. As bailarinas com roupas lindas pareciam flutuar. Piruetas, eu fiquei encantada com as piruetas. Veio o intervalo e nós fomos para o Assyrius. Papai pediu água para mamãe e vovó e um guaraná Antarctica para mim. Ele preferiu um vinho tinto. Comprou jujubas coloridas, adorei e voltamos para ver o final do espetáculo. As bailarinas voltaram mais deslumbrantes. E teve um número solo: o bailarino e a bailarina. O bailarino levantava alto a bailarina, como se segurasse uma pluma; depois a colocava com toda delicadeza no chão e rodopiavam juntos. E eu pensei: quando crescer quero ser aquela bailarina, ser igual a ela, poder dançar no Municipal.

Comecei aulas de balé com cinco anos. Eu ia entusiasmada, mamãe quem me levava. Ela ficava lá me assistindo por detrás da pilastra. De repente saía, ia ao banheiro, acho eu, ou na cafeteria, e depois voltava para me ver, ver os passos que eu fazia na ponta dos pés, eu na minha malha rosa, com o saiote rosa. Acabada a aula, mamãe me dava um abraço, e o seu abraço me dizia que eu estava fazendo bem, que se eu quisesse eu seria, sim, uma bailarina. Tomávamos um sorvete e eu voltava feliz para casa, uma felicidade que só hoje sinto sua verdadeira dimensão. Mas, quando aconteceu, quando as minhas idas às aulas de balé passaram a ser com minha tia me levando, ou mesmo vovó, eu fui perdendo a vontade. Na apresentação de fim de ano no teatro, as minhas tias iam, as minhas avós, as minhas primas, a Juliana, mas, quando eu iniciava a minha dança, a tristeza vinha dentro do meu corpo e eu ficava doida para que o espetáculo terminasse. Parei, não deu mais.

E eu agora estava indo ao Municipal com Simone. Eu não precisava colocar um vestido de seda como mamãe, mas também não iria de calça *jeans*. E quem seria esse amigo de Simone? Muito mais velho que eu? Tenho conhecido poucas pessoas novas. Saio com amigas, amigos. Não tem tido ninguém. Ninguém que interesse, ninguém que me surpreenda. E que ideia é essa de Simone? Ela não me disse nada desse seu amigo, apenas perguntou se eu aceitava a companhia.

Uma bata branca de seda, uma *pashmina,* a calça preta, a sandália alta. O colar de pérolas de vovó. Não. Apenas o anel, o anel de pérola que vovó me deu no dia em que eu entrei para a OAB. Um brinco de pérolas pequenas. Sem colar.

— Você já está pronta? Devemos passar por aí daqui a meia hora — me avisou Simone pelo celular.

Preparei um uísque.

Caio nunca mais. Nem *e-mail.* Já faz três meses.

Desligou. Simplesmente. E foi tudo muito simples. Certos desgastes de final de relação, nós não tivemos. Entrega de roupas, sapatos, tênis. Nada. Eu nunca deixei nada na sua casa, nada. Desde a minha experiência com o barbudo casado, a camisola longa preta que deixei no seu apart-hotel, sem coragem de ir buscar. Depois que o vi na pizzaria com a mulher e as filhas, eu nunca mais quis botar os pés naquele apartamento. Por isso, com o Caio eu não quis. Passei fins de semana inteiros na sua casa, mas nunca deixei nada lá. Chegava com a minha malinha, saía com a minha malinha. Após dois anos, apenas a escova de dentes e uma sandália havaianas. E isso eu deixei por lá quando nos desligamos.

Na minha casa, Caio pouco vinha para ficar. Dormia uma noite e ia embora. Ele gostava era da sua casa. Homem é cheio de manias. O café da manhã tinha de ser na sua mesa, o banho, a barba, tinha de ser naquele banheiro, naquele espelho. Tinha, sim, um pijama no meu armário que lhe dei, mas ele nem se lembrou dele quando arrumou a outra pessoa.

Simone sugeriu que eu descesse. Cheguei à portaria no momento quase exato de eles pararem o carro. Simone estava sentada no banco de trás com seu namorado, que saiu do carro para me abrir a porta.

— Sérgio — disse ela. — E Alberto — se dirigindo à tal minha companhia que conduzia o carro.

Comentários sobre a companhia de dança já vista em outras vezes por todos e quando vi eu já estava subindo a escadaria do Municipal.

Alberto usava um *blazer*. Tinha os cabelos pouco grisalhos e bem cortados. Já no *hall* de entrada Simone encontrou amigos, Alberto também. Afastou-se de nós para cumprimentar um casal: o sujeito não estava de *blazer*, ela era baixa, um cabelo curto e preto. Eu reparava nas pessoas: vi artista de novela da Globo, casais de meia-idade e alguns como eu, nem casais, nem de meia-idade.

Dirigimo-nos para o nosso lugar, Simone tinha comprado na plateia. Alberto colocou a mão nas minhas costas para indicar que eu poderia entrar na fila H. A sineta, o ritual de sempre do Municipal, a cortina se abriu.

No intervalo, fomos até o Assyrius. Alberto me ofereceu um Chandon e eu aceitei sem titubear. Municipal tem cara de champanhe e, na falta do original, o Chandon cai muito bem.

— Simone foi sua professora, não foi? — Alberto me perguntou.

— Excelente professora. Adorava suas aulas. Pensando bem, durante todo o curso, ela foi a única que realmente me abriu a cabeça para as questões mais filosóficas sobre o direito, a justiça. Pena que nem tudo que aprendi com ela é passível de se aplicar. Você faz o quê?

— Sou médico. Cardiologista.

Sérgio e Simone vieram nos chamar, o espetáculo já recomeçaria.

Ao final do espetáculo, o convite para um jantar. Um restaurante no Leblon, reivindicou Simone. Pedimos um vinho tinto: eu preferi uma massa, Alberto um risoto de *funghi*. Conversa agradável, o Grupo Corpo, Débora Colker, Márcia Rubim, Lia Rodrigues, quantas companhias de dança de boa qualidade nós temos, concordaram todos. Notei os gestos de Sérgio, a sua delicadeza ao pegar nas mãos de Simone acariciando sutilmente seu dedo indicador. Demorou-se ali. Eu vendo a cara de Simone, soberba, num frescor feminino. Alberto — o tom de sua voz era muito sereno — se dirigiu a mim para perguntar sobre o meu trabalho. Fiquei inteiramente sem graça. Como lhe dizer que trabalho com investigações? Por que haveria de lhe contar detalhes? Tenho participação num escritório de Direito Investigativo, respondi.

Veio a sobremesa. Um *petit gateau* para mim, um *cheese cake* para Simone e Alberto, um *créme boulée* para Sérgio. Nenhum doce português, nada em português.

Deixamos o casal na casa de Simone e Alberto foi me deixar. Saiu do carro para me levar até a portaria do prédio.

— Podemos sair outras vezes — disse, sem indagar.

— Claro, a gente se fala. — Trocamos cartões.

Entrei em casa tirando logo os sapatos e o sutiã. Liguei a televisão no jornal da noite.

Policiais invadem a Rocinha à procura de um reduto de produção de cocaína. Houve tiroteio e o Túnel Zuzu Angel foi fechado.

Desliguei a televisão imediatamente. Notícias assim. Eu querendo preservar a beleza do espetáculo da noite. Melhor dormir, amanhã terei de montar nova estratégia para o caso do deputado.

Deitada na cama me veio a imagem de Alberto. Deve ter dez anos mais que eu. Fecho os olhos. Já me disseram que preciso fechar os olhos para facilitar o sono. Mas eu tenho mania de ficar de olhos bem abertos. Coloquei a máscara para impedir que eu os abrisse.

26

— Ela tem uma conta no nome da mãe, a mãe como única titular, mas a mãe está com doença de Alzheimer, então é ela quem movimenta. O cartão do banco está nas mãos dela, senha, tudo.

Manolo subiu as sobrancelhas quando lhe contei.

Não foi fácil chegar a isso. Dias eu tive de ir ao escritório da ONG, ficar ali com a secretária siliconada, adquirindo confiança. Quanto mais eu me fazia de idiota, mais informação eu conseguia, auxiliada pela sua considerável burrice. Ela realmente não tinha dimensão do significado das coisas que falava, do que representava uma mulher, diretora de uma ONG, movimentar várias contas bancárias.

— Eu fico louquinha com tanto dinheiro para depositar — dizia a secretária. — E cada dinheiro tem um destino. Tem conta para a creche dos meninos de rua, tem conta para a firma de material escolar, para a de material de limpeza, tem conta para firma de produção de eventos. Mas a conta que leva mais dinheiro é a da mãe dela. Sabe, ela tem doença de Alzheimer. Que doença horrorosa! E ela gasta muito dinheiro tratando da mãe, pagando enfermeira, o tal de *home care*. Ela me falou que os remédios são caríssimos. Olha, você nem imagina o dinheiro que ela gasta — contava a burrinha.

— Mais de dez mil? — perguntei.

— E tem meses que eu deposito quinze, vinte mil.

— E é tudo em cheque? — perguntei.

— Não... Ih! Tem muito depósito que é em dinheiro vivo. Aí é que dá trabalho. Tenho de fazer aos poucos. É uma confusão.

E eu me pergunto: existem pessoas que são más por genes, desde o nascimento? Como essa fulaninha de tal, essa puta dessa fulaninha de tal pode usar a mãe para garantir o dinheiro que desvia da ONG? Quanto ela faz para manter a mãe viva, essa mãe, fonte de seu tesouro?

Manolo se levantou para me fazer um café na sua máquina.

— Eu fico irritada com essas coisas. A cada dia que passa a gente vê mais safadeza, perversidade, cinismo. Não se tem mais consideração pelo que é digno ou indigno. Certos parâmetros morais entraram em decadência. Até a mãe vira instrumento para a ganância — eu disse.

— Minha cara, "a cada dia que passa"? Antes fosse. Ora, ora, ingenuidade sua, o ser humano sempre foi assim. As ideologias que pregavam a construção de um mundo sem desigualdades fracassaram o que se prega é a realização individual. E o que fica é sabe o quê? Que, no fundo, o homem não foi feito para o bem, o que ele quer é satisfazer o seu desejo e essa sua corrida não tem freio. Como dizia Spinoza, na luta para a consumação do seu desejo, os homens são, por natureza, inimigos uns dos outros, rivais. O lema é "tirar vantagem" sobre o outro.

— Manolo, peraí. Viver em sociedade implica considerar a existência do outro, respeitando os seus direitos, e nós passamos anos na faculdade para pensar nesses direitos e deveres do cidadão, nas normas sociais. Para onde vai isso?

— Olha aqui, nós somos advogados, nós estudamos um assunto criado pelo homem para colocar regras, normas, leis, o que você quiser chamar, para unicamente organizar a sociedade. Mas esse assunto de que nós dois tiramos o diploma só se fez necessário porque o ser humano é constituído de atributos que não se dirigem para o bem do próximo. A essência do ser humano é narcísica, pensa em si, na sua sobrevivência. A vaidade humana é o que mais se vê por aí, é ela que move o mundo, e nós, advogados, existimos para administrar egoísmos, criar normas coletivas que enquadrem os interesses individuais, senão vira caos.

— Existem pessoas generosas, solidárias...

— É, mas, quando entra o dinheiro, minha cara, aí o jogo é só um. Tudo por dinheiro, por mais dinheiro. E, no caso desta fulaninha, como você a chama, usar a mãe para ganhar dinheiro fácil; sinceramente, nada mais me surpreende. Filha que usa a mãe, pai que estupra filha, filha que mata os pais para ficar com a herança. Vale tudo.

— E então, o que você vai fazer no caso desse deputado?

— Você já sabe o nome das firmas de mentirinha, não é? Isso facilita. Pode-se montar um esquema para verificar essas contas, notas fiscais frias etc. Mas, do jeito que a coisa vai, o deputado não conseguirá chegar aonde ele quer. O cara foi esperto. O plano foi muito bem armado. Usou o deputado como seu parceiro para arrecadar a grana e depois desvia tudo para a sua mulher, deixando o deputado a ver navios. *It doesn't make sense.* Impunidade gera delinquência. A gente vai ter de arrumar um jeito de derrubar a fulaninha desse pedestal. Só de lembrar da sua cara naquele jantar que ela promoveu, aquelas senhoras conservadoras e mal informadas, com seus maridos salafrários. Ela fazendo o seu teatro e todos ali acreditando que doando o seu dinheiro estariam se livrando das culpas e garantindo o seu lugar no céu. Quanto essa puta levou dali?

27

Quando eu nasci, se pensava na existência de um deus e um diabo, se ele vivia ou não dentro do homem. Não há mais diabo nem deus, está tudo aqui, nas ruas, nas casas, num sinal de trânsito. Todos podem morrer. Todos, de repente, de um dia para o outro, de uma hora pra outra. Morrer assim, sem o menor sentido. Sei disso, sempre soube, desde pequena. Ninguém me poupou, nem deus, nem diabo. E depois disso que me aconteceu, depois que minha mãe morreu assim, do nada, minha avó, a mãe da minha mãe, se desvencilhou de toda e qualquer religião e passou a exercer os seus atributos independentemente de qualquer ideologia.

Era uma pessoa boa na sua natureza. Revoltava-se com a violência que vinha se instalando no mundo, com a safadeza dos políticos já vivida nos tempos do meu avô que bradava com frases do tipo "quando esse Brasil vai ter jeito?". E ela me contava como o vovô foi um homem honesto, das vezes que recusou as propinas oferecidas pelos mais diversos tipos, desde réus ou acusados a juízes e policiais e políticos. "O importante é ter a consciência limpa", ela dizia. E isso a sustentava, e assim vovó prosseguia, acreditando na sua própria ética.

Ética. Qual ética possui a pessoa que usufrui da doença da própria mãe para se beneficiar em seus negócios ilícitos? Consciência limpa? Tem? Eu não conseguia parar de pensar nisso, não sei por que me sinto tão tomada, tomada de raiva pela fulaninha de tal. Não é o primeiro caso de mulher que é capaz de manipular, de se corromper por dinheiro. Foram muitas, muitos casos de putas que conquistam homens ricos, de mulheres traídas, maltratadas, mas que mantinham o casamento só pela boa situação financeira. Tudo por dinheiro. Mulher também sabe ser canalha.

E, de tanto pensar em ética, perdi o sono. Quando a coisa me toma, me perturba, eu não consigo fazer com que a cabeça pare, e aí passo a noite assim, de olhos abertos. Por mais que eu saiba que o advogado tem de ser impessoal, por mais que eu tenha ouvido isso na faculdade, nos escritórios em que estagiei, tem vezes que não consigo, sou tomada, completamente tomada. Manolo, não, Manolo funciona diferente. O advogado tem de defender os interesses da pessoa que o solicitou, ele diz isso. Disso eu sei, mas o advogado não pode ser solidário com o crime. Não, mas Manolo não está sendo. O seu intuito é desmascarar a gangue da ONG. Quanto ao dinheiro público desviado, essa é outra questão, envolve outras esferas.

28

O cardiologista me convidou para jantar e eu aceitei. Era a segunda vez que eu sairia com o cardiologista. Alberto. Não conheci nenhum Alberto na minha vida. Médico. Todo médico que eu conheço tem uma mesma postura, postura de recato, de respeito.

Saí cedo do escritório e resolvi passar num *shopping*. À toa, queria só ver as vitrines, quem sabe alguma coisa nova me despertava. Vi uma blusa bege de seda, abotoada na frente, e pensei como ficaria no meu *jeans*. Resolvi experimentar. "Ficou bem em você", disse a moça da loja. E já me imaginei com o meu colar de peças grandes de madrepérola, o brinco pingente igual. O sapato... Poderia ser a sandália preta, aquela, a bolsa preta. "Vou levar", eu disse.

Liguei para Simone imediatamente:

— Será que eu devia tê-lo convidado para subir à minha casa, tomar um *drink* antes do jantar?

— Não ainda — ela respondeu.

Quando cheguei à portaria ele estava me esperando do lado de fora, junto ao seu carro. Me beijou numa só face e eu, como convicta carioca, lhe dei a outra. Rimos com sutileza e ele abriu a porta para eu entrar.

Sugeriu um restaurante de comida italiana e eu aderi. Um *drink*, e eu preferi uma cerveja.

— Depois do dia que tive, preciso de uma cerveja — eu disse. — Sabe, uma cerveja é a melhor coisa para relaxar a minha cabeça.

E começamos a conversar sobre bebidas, teor alcoólico, os benefícios para o coração, eu indagando sobre todas as lendas e ele respondendo.

— Nunca estive num cardiologista — revelei. Ele riu, dizendo que o meu coração ainda não estava na idade de reclamar. E imediatamente pensei que idade ele estava achando que eu tinha.

Continuamos nossa conversa, e eu interessada nas doenças cardíacas, casos de criança, e ele disse que casos de criança ele via muito em hospitais públicos, casos congênitos e por infecções malcuradas que atacavam o coração. No seu consultório, o mais comum era clientes na faixa etária acima dos quarenta. E ficamos divagando sobre a saúde pública no Brasil, a precariedade dos serviços, dos salários, problema ainda longe de ser resolvido, ele disse.

E eu continuei as minhas perguntas e ele brincou dizendo que se sentia sendo interrogado por uma promotora.

— É — eu disse meio sem graça — É a minha prática.

Mas não era só isso, eu tinha curiosidade em saber a respeito de muitos pontos que envolvem a cardiologia.

— Meu avô morreu de infarto fulminante — lhe contei.

Eu estava era preocupada, preocupada em saber até que ponto a genética influencia nesses casos. E ele me tranquilizou. A geração do meu avô não tinha consciência quanto aos males da carne vermelha, do cigarro. Era outra época, ele disse.

— E seus pais, ainda estão vivos?

Eu, sem me dar conta, naturalmente fui lhe contando a minha história, como foram os meus pais e sobre a minha avó. O coração de vovó parou, eu lhe disse. Chegou um dia, ele parou. E meus olhos ficaram cheios d'água. Disfarcei e sugeri que pedíssemos a comida.

Enquanto a comida não vinha, fiquei pensando por que estava lhe contando tanto sobre a minha vida na nossa primeira saída. Não costumo contar para ninguém. Sempre repudiei os olhares sobre mim, os olhares penalizados com a minha história.

— Vamos pedir um vinho? — ele me perguntou interrompendo os meus pensamentos.

A escolha foi um tinto chileno. Durante o jantar, ele me contou que seu pai também era médico e que desde pequeno ele ouvia casos contados à mesa de jantar. Então, a decisão de fazer medicina fora um processo natural.

— Mas não foi fácil incorporar a medicina. Quando vi um cadáver pela primeira vez na aula de anatomia, pensei em desistir. Mas meu pai falou que era assim mesmo, que depois eu iria me acostumar.

— E você se acostumou?

— Olha, até hoje, quando um paciente meu morre, eu fico triste, muito triste. Para nós, médicos, o objetivo é a cura. Tem certos casos que, por mais que saibamos que aquele está condenado, na hora agá mesmo, a gente sente.

— Mas tem casos em que a morte é um alívio.

— Sem dúvida, sem dúvida. Mesmo assim, acho que sempre é difícil lidar com a morte.

Alberto pegou o seu celular e deu um telefonema.

— Quando bebo vinho, mais de uma taça, solicito um motorista que me atende nesses casos. Ele nos levará para casa.

— Hum, interessante. É medo da Lei Seca, não é? — perguntei.

— Não, não... é zelo com a vida. Com a minha e com a sua.

29

Já disse que trabalhar com o Manolo é como estar num filme policial americano. Tudo acontece numa velocidade vertiginosa, sem a gente se dar conta. E, de uma hora para a outra, me vejo sentada junto à secretária siliconada, verificando as contas da ONG, ou conversando com a fulaninha de tal, ouvindo-a falar sobre a sua mãe, sobre a doença que a deixa totalmente fora do ar; e de repente, não mais que de repente, estou eu de cara com o rapaz cujo nome consta ser dono da firma que distribui material escolar para a ONG, e ele me dizendo que não sabe nada sobre a tal firma. *It doesn't make sense.* Mas é assim, trabalhar com Manolo é assim, e cada vez mais eu me sinto como num filme policial, filme policial com efeitos especiais e eu como um objeto das imagens comandadas pelos eficientes programas de computador que manipulam a realidade me lançando num mundo virtual.

O deputado vinha fazendo pressão.

— Ele está achando o processo demorado. Eu lhe disse que não tem como ser de outro jeito já que ele quer sigilo. Passei o seu relatório para ele e ele ficou estupefato. Bom ele se dar conta de que trapaceiro chama trapaça. Não estava nos seus cálculos que o seu sócio era ainda mais malandro que ele e casado com uma mulher também muito esperta. O surpreendente é que, quando lhe contei sobre a mãe, sobre a conta que mantinham em nome de uma mãe sem condições de operar nada, uma conta espetacularmente recheada, ele ficou sensibilizado e disse: "Como essa mulher pode usar a mãe desse jeito?" Ai... o nosso deputado é sensível — disse Manolo sarcasticamente.

— E quanto à possibilidade de ele reaver seu dinheiro? O que você disse?

— Ele está ciente de que dificilmente conseguirá que o dinheiro venha para o seu bolso. Mas não está tão preocupado com isso. Sendo do governo, sabendo jogar com essa máquina como ele sabe, logo, logo arruma um jeito de gerar outras "rendas" e ficar tranquilo. A sua questão é desmascarar esse sujeito. Para ele é uma questão de honra. Quem gosta de perder?

Homens. Nenhum deles gosta de perder. Nem Manolo.

Já tínhamos conseguido o nome de todas as firmas ligadas à ONG, todas legais nas suas atribuições. Afinal, a fulaninha é advogada, carteira da OAB, com entrada livre em secretarias, cartórios, ofícios de justiça, serviços notariais e de registro, delegacias. Ela conhece bem os procedimentos.

— A gangue é das boas — disse Manolo. — E tanto o Tribunal de Contas da União quanto a Controladoria-Geral não têm estrutura para analisar as contas das ONGs, muito menos os trabalhos executados.

— E cabe a nós investigar todos os pontos — perguntei afirmando.

— Exatamente.

— Bem, o círculo de atuação é grande. Veja a lista. — Mostrei para o Manolo as festas promovidas pela ONG.

— É... tudo realizado com as doações. Não houve nada com renúncia fiscal.

— Eles não são bobos.

A situação não é simples e quanto mais eu chegava perto, quanto mais contato eu tinha com a fulaninha, mais repugnância eu sentia. Seu casamento se alimentava da prática de ganhar dinheiro de forma desonesta. E quanto mais dinheiro ela consegue, mais se sente superior ao marido. Repugnante, nojento. E nessa competição o seu referencial é esse marido. Uma idiota, não dá para acreditar. O mundo pouco evolui. Tantas conquistas as mulheres conseguiram e essa fulaninha na viagem insana de se equiparar ao homem, ao seu homem, e dessa maneira. Odeio.

30

Juliana me escreveu um vasto *e-mail* preocupada com a situação do Rio: "Tenho lido notícias horrorosas! Assaltos com mortes, arrastão em túneis. Nossa! Parece uma guerra. Fico preocupada com você."

O que dizer? Vivemos sitiados. Vidros negros no carro, alarmes por todo canto, a portaria do meu prédio tem grades na calçada, câmeras de vigilância na portaria, no elevador, nos andares, e mesmo assim nada está seguro. Juliana não conseguiria viver desse jeito. Muito tempo morando na Austrália, em Melbourne, considerada uma das cidades de maior qualidade de vida do mundo, o dia a dia de Juliana nada tem a ver com o meu. E pensar sobre isso me faz refletir sobre a distância em que a vida, o destino, o acaso, ou outro nome que se possa dar, nos colocou.

Estive lá quando o filho de Juliana nasceu há dez anos. Rio de Janeiro e Melbourne: realidades muito diferentes. Melbourne sediou as Olimpíadas em 1956; o Rio, só em

2016. Semelhantes em tamanho, em idade, a Austrália andou rápido, o Brasil, não. Lá o sistema de transporte, a saúde pública, cidade limpa, tudo funciona. O por quê? São várias respostas: colonizador diferente seria a primeira delas. E o que fazer? A mim, o que me cabe é fazer o meu trabalho, amenizar o buraco existente, as falhas com o nosso sistema jurídico, é lutar contra essa mentalidade da complacência com o sistema corrupto, a impunidade. A corrupção não está no nosso gene, pensamento que vem sendo incentivado ao longo da história, mas isso é balela, justificação. Eu não aturo mais isso. E por essa razão eu fiz essa escolha. Por essa razão eu tenho de continuar atrás da fulaninha, colhendo todas as informações, as suas falsidades.

Juliana não entenderia. Lá onde vive, os casos de corrupção, desvio de verbas são raros. Lá os processos andam, vão a julgamento, acusações, cobranças, direitos defendidos. Aqui esses casos nem ao menos vão a julgamento, e, quando vão, a burocracia, a falta de provas emperram o processo e nenhum direito é defendido. Arquiva-se. Tudo aqui se arquiva.

E se eu contasse a Juliana que uma mulher abriu uma ONG voltada para a educação infantil e através da promoção de pequenos eventos ela consegue desviar um número alto de dinheiro das doações cedidas, e deposita essa grana na conta de sua mãe, uma mulher com doença de Alzheimer, que nem sabe o que está se passando? Juliana diria para eu ir fundo, ir fundo e denunciar.

Mas para isso preciso de provas, documentos.

31

Manolo não é um homem bom. Os homens não são bons. Estou chegando a essa conclusão. Manolo não queria falar desse assunto, não queria se deparar com o problema, o seu problema. O filho estava em nova crise e desta vez fora o psiquiatra quem telefonara solicitando que ele fosse para POA.

— Não posso — ele disse. — Não dá para eu abandonar agora o caso do deputado. Ele está em cima de mim, cobrando. Não, não dá. Tenho audiências marcadas no fórum. Eu disse ao psiquiatra que cuidasse dele que mais para o final do mês eu apareço.

— Mas ele está precisando de você agora — eu disse.

Quando eu lhe disse essa frase ele levou um susto. Se não fosse eu, ele nunca iria fazer esse raciocínio. Um raciocínio sempre matemático, prático. Cabeça dura. E, por ser assim, ele é capaz de responder ao psiquiatra de seu filho que não dá, ele não pode ir.

Centrado em si, primeiro ele, ele e suas questões. Suas questões são prioridade. Os homens. Benevolência, generosidade, complacência, flexibilidade custam a passar para esse estágio. Manolo é assim.

Eu insisti. Meu papel é insistir, tentar mostrar a ele que a história é delicada, que eu posso dar conta do caso do deputado enquanto ele estiver em POA. E, quanto às audiências, eu posso, sim, substituí-lo. Mas não adianta parece que não me ouve.

— Quer um café? — Manolo me perguntou, tentando me cortar.

— Quero — eu disse. E fiquei observando-o se levantar, camisa social e gravata, cabelos ainda vastos, mas cada dia mais branco, suas mãos na máquina a fazer primeiro um café.

— Esse é seu — ele disse.

Saboreamos em silêncio, mas nesse nosso silêncio havia o meu repúdio. E ele sabia, covardemente, ele sabia.

32

Tem vezes que acho difícil iniciar um relacionamento. Tem vezes que acho bom. Difícil entender o outro, suas manias, os seus tempos. Bom conhecer uma nova pessoa, usufruir de um novo olhar.

Alberto ligara cedo, deixando um recado na minha secretária eletrônica: "Terei uma festa essa semana, aniversário de cinquenta anos de uma amiga, e pensei se você gostaria de ir comigo. Me liga quando puder."

Festa. Numa ocasião como esta a regra é se vestir da maneira mais neutra possível, não cair na extravagância, nem para o formalismo exagerado. Alberto era mais inclinado ao formalismo. Talvez não usasse *blazer* esta noite, mas certamente estaria com uma boa camisa social, e a calça dificilmente seria de *jeans*. Optei por um vestido curto preto, mangas soltas e largas. Salto alto, cabelo solto, pulseira prata, brinco grande com pedras vermelhas. Uma carteira vermelha. Certa insegurança, a minha expectativa quanto ao olhar de Alberto. Todo começo é assim.

Desta vez fiz o convite e ele subiu. Ele não estava de *blazer*. Preparei-lhe um copo com gelo, o uísque.

— Quer beliscar alguma coisa? — perguntei.

— Não, obrigado. Só o uísque está bom.

Coloquei meu iPod na caixa de som. A primeira música era Joshua Redman, uma versão de *Summertime*, e ele gostou. E caímos numa conversa sobre músicas, os ritmos, a conversa animando e eu vendo surgir nele um modo forte de falar, opiniões incisivas, nada daquele jeito sereno que tivemos naquele jantar. Acabada a dose, ele sugeriu que fôssemos.

A festa era numa casa num condomínio da Avenida Niemeyer, um espaço generoso com uma vista mais generosa ainda. A dona da festa era dermatologista, sem marido nem namorado, muitos amigos e amigas, alguns *gays*. Tinha gente demais, mas muitas das pessoas eram seus clientes. Com a febre da busca pela eterna juventude, do não envelhecimento, são mil clientes para cada dermatologista.

Alberto me apresentou a muitas pessoas, muitos médicos, e no meio de tanta gente estava o clínico de minha avó. Ele me reconheceu.

— Que pessoa a sua avó — ele disse. — Não reclamava de nada, e olha que no final ela estava com muitas dores. E lúcida, incrível, até o final ela estava muito lúcida. Tem clientes que na iminência da morte sentem muito medo. No caso dela, ela parecia aceitar que sua hora era aquela.

— É... ela foi serena — eu disse.

Alberto escutava. Falar de vovó naquele momento? Aquele encontro, que raio de encontro era aquele? Eu não consegui mais, mesmo indo para a pista de dança com Alberto, mesmo tomando outra dose de champanhe, eu não conseguia conter. A imagem de vovó vinha. Ela muito fraca, na cama, os cabelos ralos, o olhar turvo. Quem pode me explicar por que que ali, naquela festa, na primeira vez que eu estava com Alberto num ambiente seu, eu encontro com o médico da minha avó?

Alberto me levou em casa. Também dessa vez havia solicitado o motorista. Chegando à portaria, o certo seria eu convidá-lo para subir. Mas não o fiz. E ele nada disse. Me deu um beijo na boca e se despediu.

Limpei a maquiagem, vesti a minha camisola longa e me deitei. O sono custou. Minha memória martelando. Um incômodo que se instalou desde o momento em que falei com o médico de vovó. Se não tivesse havido aquele encontro eu estaria aqui deitada, nesta cama, com Alberto. Mas assim, desse jeito, eu não poderia.

33

Já tínhamos as provas. As notas fiscais das firmas falsas, os nomes dos diretores laranja das firmas de eventos; agora, sim, estávamos perto de desmascarar a fulaninha.

Manolo marcou uma reunião com o deputado. Ele chegou às dezessete horas entrando direto para a sala de reuniões. Ele havia combinado com Manolo que os encontros seriam somente entre os dois. Manolo lhe mostrou o relatório que eu havia escrito.

— O deputado ficou satisfeito. Ali ele viu para onde estava indo o dinheiro que estava me pagando — disse Manolo. — E me pediu que fosse pessoalmente levar essa documentação para o tal cara.

E agora as cartas estavam lançadas. Manolo saberia usar as armas adequadas para encalacrar o sujeito, mostrar que nós sabíamos tudo sobre a tal ONG, sobre a bandidagem que ele e sua mulher faziam.

Após a conversa com Manolo, depois que desci, caminhando pela Avenida Rio Branco eu pensei que era o momento de dividir esse caso com a Simone. Confio nela inteiramente e sei que ela terá um olhar importante para os meus conflitos. Do carro mesmo eu lhe telefonei e passei em casa rápido, para um rápido banho, coloquei uma roupa confortável, uma sandália baixa, e fui direto para a sua casa.

Ela me ofereceu uísque, vinho, um Chandon gelado, mas eu preferi a cerveja. Já disse que é a bebida que mais rapidamente me relaxa. E eu estava a mil por hora, excitada e preocupada com esse encontro que teria Manolo.

— Nossa! Estou impressionada com a sua atuação. Dessa vez você foi fundo. É... tem certos casos que precisa disso. Lidar com esse tipo de criminalidade, conseguir desvendar a falcatrua, tem de usar de todo tipo de artimanha. E a mulher não desconfiou de nada? Nem a tal secretária?

— Nada. Pelo contrário, ainda pensam que eu sou uma burrinha rica que quer ajudar os pobres.

— Você está me saindo uma boa atriz — disse Simone. — Você veste a camisa. É, você sempre foi assim, desde a faculdade.

— Mas ando meio cansada de lidar com esse tipo de coisa. Tem vezes que penso em mudar, de deixar o Manolo... sei lá.

— Deixar o Manolo? Ele fará de tudo para você não deixá-lo. Vocês se combinaram bem. E o fato de ele ter uma mulher na equipe dá outro rumo aos processos. E você está na idade ideal para lidar com essas investigações que dependem da presença corpo a corpo. Você tem tudo:

o seu rosto, o seu porte, sabe se apresentar em todo tipo de situação, podendo aparentar ser mais velha do que é. E você faz bem, tá na cara. E esse caso veio mais uma vez comprovar a sua capacidade de lidar com essa gente. E isso é um mérito teu. Você desenvolveu isso em você.

Simone. Puxa vida! Como é bom estar com ela. Ela me esclarece, ela me alivia.

Pedi mais uma cerveja.

— E você, como está? Como vai o Sérgio? — lhe perguntei.

— Ótimo, vivemos serenamente. E olha, nem dá para acreditar. Você me conhece, eu sempre tive dificuldade de dividir, mas agora vejo que é bom ter alguém com quem trocar, mas não é fácil. Custa um tempo e eu nunca tive paciência para compactuar desse tempo. Sempre que algo não se mostrava no meu molde eu chutava pro alto. Agora, não. Aprendi a ser mais tolerante, e isso se deve a uma mudança radical em mim: percebi o quanto o meu egoísmo me atrapalhou. As pessoas que optam por viver sozinhas são no fundo voltadas demais para si. Só conversam com o espelho. Preferem a masturbação que a troca sexual. Olha, e isso é o que mais a gente vê por aí. E sabe o que eu saquei? Os meus casamentos foram com pessoas também muito individualistas, por isso a atração entre nós. Mas, a partir do momento que passávamos a conviver, a ter de dividir, aí a coisa ficava feia. Nenhum dos dois sabia ceder, e aí o jeito era a separação. Custei muito a encontrar o equilíbrio entre manter a minha individualidade e saber compartilhar. E agora optei por compartilhar. Gosto de poder dividir com ele comentários sobre as notícias de jornal, ouvir a sua visão diferente da minha. Sérgio não é nada espetacular, tem muita coisa nele que não gosto, mas eu relevo, aprendi a relevar.

— É... parabéns, estou admirada.

— E o Alberto? Você não me falou mais dele. Vocês voltaram a se encontrar?

Contei do nosso jantar, da festa e Simone começou a falar de Alberto, um cara legal, sério. Fora casado anos, não tivera filhos — disso eu sabia — mas foi Simone quem me contou que de um dia para o outro a mulher enjoou, não aguentava a sua vida de médico: chamadas de madrugada, viagens interrompidas abruptamente, sábados e domingos visitas ao hospital. Fomos para a cozinha para preparar algo para comer, ainda falando de Alberto, e, enquanto eu falava de Alberto, eu ia me dando conta. Seu timbre de voz, o jeito como falava: grave, firme, denso. Uma delicadeza macha, o charme com as mãos. E quando eu olhei para o relógio já era tarde. Eu tinha que acordar cedo, caminhar cedo para estar cedo no escritório.

34

Dias passam, passam como se não tivessem passado. Ou somos nós que passamos por eles sem nos dar conta. Comigo acontece. Acordo, faço o que faço todos os dias, vou para o trabalho pelo mesmo caminho de sempre, pegando o mesmo elevador, com o mesmo ascensorista; sento diante do computador, abro os *e-mails*, vou para a sala do Manolo, ele nos faz um café. Falamos. Meus dias são quase sempre mecânicos. Eu não acreditei quando Manolo me contou.

— Mas é a mulher dele! Ela pode ser presa — eu disse.

— É, mas ele não se mostrou nada preocupado com essa questão. Pelo contrário. Quando o ameacei, quando mostrei todos os documentos que tínhamos, que podíamos denunciar a ONG, a ONG da sua mulher, sabe o que ele disse? "Problema dela, quem mandou ser incompetente?"

— E quanto ao deputado, o que foi que ele disse?

Manolo ligou o MP5 para eu escutar a conversa.

"Esse babaca quer me ameaçar. Só rindo. O dinheiro que ele conseguiu para a ONG é público. Não há nenhum documento, papel, nada que prove o meu envolvimento com essa história. Manda ele se foder."

— E agora? O que vamos fazer?

— Bem, temos toda a documentação. É denunciar.

— Mas e o deputado?

— Eu já o convenci a ir em frente, a denunciar esse bandido. Essas coisas não podem continuar acontecendo no Brasil.

— Bom, mas ele é uma das peças do jogo, para ele interessa continuar exercitando essas malandragens.

— É, minha cara, mas, depois dessa, tenho certeza que ele vai pensar duas vezes antes de arriscar seu nome.

— É, e a gente ainda não sabe qual será a reação da fulaninha — eu disse.

— Ela não vai entregar os pontos assim. Não, não mesmo. Ela vai entrar num duelo com o marido, mas sabendo que vai perder. O cara é violento e ela sabe disso.

O celular de Manolo tocou e ele atendeu. Ficou calado, ouvindo.

— Calma, calma, eu estou indo para aí.

Sinceramente, não desejaria nunca isso para o Manolo. Para pessoa nenhuma. Foi no pulso. Ele conseguiu roubar uma faca daquelas de cortar papel. Foi fundo, não deu para salvar.

Eu não tinha o que dizer. Não há como não se sentir culpado e Manolo sabe disso. E agora ele ia. O deputado ficava para depois. Manolo ia tomar o próximo avião para Porto Alegre.

35

Tínhamos outros casos para resolver. A audiência no fórum estava marcada para as três da tarde e eu ia. A mulher estava exigindo do ex-marido o pagamento das pensões atrasadas. Caso simples, ele não teria como escapar. O valor era alto, ele poderia no máximo entrar num acordo. Mas ex-mulher nunca aceita acordos. Ex-mulher, ex-marido, tanto faz. Querem trucidar um ao outro. Amor é uma coisa doida.

A audiência começou no horário. A mulher com cara séria, inviolável, esperava. O advogado do ex-marido apresentava os papéis, as declarações de imposto de renda, dívidas, tentando comprovar que ele não tinha como pagar aquela pensão. Tudo mentira, tudo caixa dois.

Nós fomos à busca. O cara era sócio de uma cadeia de pizzarias. O dinheiro entrava vivo e era guardado no cofre. O safado comprava equipamentos eletrônicos os mais sofisticados, os mais caros, tudo com dinheiro. O carro não estava no nome dele, nada estava no nome dele. Mas não interessa, pela lei ele tinha de pagar a pensão para os filhos. Tínhamos um arquivo de fotos tiradas pelo nosso assistente: fotos dele saindo do Antiquarius com uma mulher; outra saindo do hotel Fasano com outra mulher, Mr. Lan, Gero, mesmo escolhendo os restaurantes mais caros da cidade, ele alegou que todos foram encontros de trabalho, todos pagos pela firma.

O juiz deu a sentença. O cara teria de pagar os atrasados senão iria preso por trinta a sessenta dias até conseguir executar a sentença. Eu sugeri que a mulher aceitasse um acordo.

— Um safado — ela disse. — Nada do que ele diz faz sentido.

Eu sei. Muitas vezes é assim. *It doesn't make sense.*

36

Manolo nunca mais seria o mesmo. Voltou logo depois do enterro, sentou-se à sua mesa e ficava lendo os relatórios, os processos, sem dar nenhuma palavra. Só café e cigarro. Voltara a fumar. Fazer o quê? Não cabia a mim dizer nada. Tinha de deixá-lo assim. Contei-lhe das audiências, da situação do escritório, e ele escutou passivamente sem esboçar sorriso, sem fazer um dos seus costumeiros comentários irônicos. Manolo nunca mais será o que era.

Simone disse da importância do meu papel ao lado dele. Ela insiste em dizer que só a minha presença já é um apoio. Mas tem outro lado nessa história, eu disse. Só eu sei que o psiquiatra o chamou, só eu sei que ele relutou e não foi. Há momentos que eu penso que a minha presença representa a sua culpa. Homem não suporta. Homem não suporta nada. Temo chegar a hora em que Manolo vai precisar me tirar de sua vida.

37

Estávamos entrando no cinema quando Alberto olhou o relógio, ainda faltavam quinze minutos para o início do filme e sugeriu irmos tomar um café expresso. Quando me aproximei foi que me dei conta. Caio estava lá tomando café. E Caio me viu com Alberto. E eu vi o Caio com uma morena de altura mediana, salto baixo, me cumprimentando com um sorriso aberto demais. Não sei se ela é aquela, aquela que ficou com o Caio quando nos desligamos. Pouco importa. Mas o que eu vi enquanto tomava o meu expresso é que ela carregava debaixo do vestido largo uma barriga. Não falei nada, Caio também não mencionou o assunto. Nos despedimos naquele tom civilizado comum nessas ocasiões. E eu entrei no cinema com o Alberto, o filme começou, mas eu pensava no Caio com sua morena de altura mediana, de vestido largo, no filho que ele quis e eu não quis. O filho que eu não quis.

O ator era jovem, a atriz não, ele a beijava nu, pegava no corpo dela. Alberto, sem saber nada sobre o que se passara na minha cabeça por ter visto o Caio naquele estado, segurou na minha perna e sobre a minha saia começou a alisar a minha perna. O filme e a sua mão, eu sentindo a sua mão. A mão de Alberto em mim foi me relaxando.

Saindo do cinema, ele me levou para o seu apartamento. Eu ainda não tinha estado no seu apartamento. Sala ampla, decoração agradável, a vista da Lagoa Rodrigo de Freitas, Corcovado ao fundo. Música, um vinho. O gosto do vinho veio no beijo que ele me deu. Sua mão me apalpando sob a saia, levantando a saia, na coxa, o beijo não parou. Não parou. Fomos para o seu quarto, para sua cama. Ele me beijando sem parar, chegando perto, fundo, bem fundo. Dormimos abraçados e pelados e, quando eu acordei, ele já não estava ao meu lado, mas logo apareceu dando beijos miúdos por todo meu braço, vindo de novo, com afagos e mãos roçando o seu corpo em mim.

Antes de eu ir para o escritório, precisei passar em casa. Matilde passava roupa. Olhou para mim e disse:

— Nossa! Você está com uma cara boa!

38

Manolo comunicou ao deputado que iria acionar um mandado de segurança no endereço da ONG da fulaninha, mas ele não concordou. E se encontrassem algum documento, algum papel que sugerisse o seu nome?

— Mais uma para você — disse Manolo enquanto preparava nosso café em sua máquina. — Você tem que tirar essa a limpo.

Se dirigiu até a mesa segurando as duas xícaras. Sentou-se, tomou o primeiro gole e acendeu um cigarro. Olhei e não gostei. Ele tomou todo o café e continuou dando tragadas até terminar o cigarro.

Eu queria saber quantos cigarros vinha fumando por dia, mas não tive coragem de perguntar. Com o punho fechado sobre a mesa, Manolo continuou, dizendo que eu tinha de tentar chegar à fulaninha, falar do deputado, sentir a sua reação.

Manolo acendeu outro cigarro. A nuvem de fumaça começou a impregnar a sala, mas ele não parecia se incomodar.

— Essa questão sobre as ONGs deve ser muito bem pensada. O fato de estarem "substituindo" o papel do Estado as coloca numa situação muito confortável. — Manolo começara a divagar sobre o assunto. — Os aparatos governamentais se redimem resignados e abrem mão do controle fiscal e de um acompanhamento das atuações. E aí, veja o que acontece, os espertos se aproveitam dessa estrutura das "organizações não governamentais" e a corrupção se espalha, se alastra como um câncer nas mais diversas instâncias.

O dia escurecia lá fora, atravessando suavemente o vidro fumê da sala do escritório. Ainda sob a luz do entardecer, eu via a fumaça dispersa do cigarro de Manolo.

— A Polícia Federal, o Ministério Público e, sobretudo, a imprensa têm se empenhado em fazer as denúncias. Mas a lentidão dos julgamentos impede a implantação das penas. As prisões acontecem, o sujeito fica lá por um tempo e depois é solto, ficando em liberdade vigiada à espera do processo. Vigiada... é para rir.

Terminei o meu café. E enquanto eu ouvia Manolo falar eu pensava em como prosseguir. Já tinha conseguido muito: as notas fiscais ilícitas, as firmas ilícitas, a conta da mãe com Alzheimer da fulaninha. E, enquanto eu via a fumaça do cigarro de Manolo subir pelos ares, pensei se tudo isso valia a pena, se com tudo isso nós conseguiríamos prender a fulaninha.

Sim, ela precisava ser presa, ter seus bens confiscados, suas contas bloqueadas, quebra do sigilo bancário, ser punida pelas leis que institucionalizam esse tipo de crime. Punida. Haveria a abertura do processo com a toda a documentação necessária, e rapidamente o julgamento. Assim deveria ser.

Manolo continuava a falar relembrando os escândalos políticos ocorridos no Brasil.

— Desde a década de 1980 foram 225 — ele disse. — Todos devidamente esquecidos e arquivados pela Justiça e no imaginário do brasileiro.

Me deu um desânimo. O caso que tínhamos nas mãos era peixe pequeno. E os casos que envolviam presidente da Câmara, presidente do Senado, banqueiros, ex-governador de São Paulo, ex-prefeito, muitos deles inocentados apesar das provas de uso de dinheiro público?

Quantas cartas eu li de meu avô denunciando casos de corrupção não julgados? Quantas vezes escutei minha avó contar sobre as decepções de meu avô com o sistema jurídico brasileiro? É para eu desanimar.

Manolo acendeu outro cigarro e eu quase o repreendi, mas nem tive tempo, pois ele rapidamente continuou a discursar com sua maneira prática e autoritária sobre o caso do governador da Paraíba acusado de abuso do poder econômico e político e que, passados sete meses, estava concorrendo a uma vaga no Senado.

— Não sei até onde conseguiremos ir. O certo seria tentarmos denunciar o deputado, ajudar para mudar essa cultura política. Mas não temos provas de que ele desviou o dinheiro público. Então, minha cara, o jeito é a gente tentar desmascarar as atividades dessa ONG.

39

A cidade continua. Tudo continua. Na Avenida Rio Branco inúmeras pessoas andam em passo ligeiro: mulheres de salto alto, homens em terno-gravata carregando pasta, outros mais morenos, de *jeans* e tênis, carregando envelopes. Paro no sinal e, enquanto passam os carros, me vem à cabeça a fala de Manolo. Eu tinha de tirar da fulaninha a sua ligação com o deputado, nada poderia ter o seu nome. Eu defendendo a reputação do deputado. Um filho da puta, exclamei. Mas não havia ninguém do meu lado enquanto eu caminhava pela garagem do estacionamento da Cinelândia. Ali, no subsolo, ninguém iria me escutar.

Tirei o carro da garagem e logo o Aterro. Livre. Neste horário, o trânsito é livre. Me deparei com o Pão de Açúcar e, como se não tivesse o controle de minhas mãos, fui dirigindo o carro calmamente e, em vez de seguir em direção ao meu bairro, entrei no contorno que me levava à Urca.

Tudo parecia igual. O prédio da universidade, o do instituto dos cegos, o museu ainda estavam ali, uma arquitetura eclética, escadas imponentes ainda estavam ali. Dei uma volta na Praia Vermelha e tudo parecia o mesmo. Caí na Rua Ramon Franco desembocando de cara na Baía de Guanabara: o Corcovado e a Pedra da Gávea à esquerda, veleiros, lanchas e pequenos barcos nas águas e, à direita, a Ponte Rio-Niterói. E naquele mísero instante eu senti um conforto. Na Rua Marechal Cantuária as pequenas alterações não pareciam interferir na calma do bairro. Chegando à praia, o antigo prédio do cassino, o contorno suave e a chegada ao canto do bairro. Fui lá, fui até lá para ver. A casa de vovó tinha outra cara. Os novos proprietários não conseguiram resistir às exigências dos novos tempos. A curva redonda meio *art déco* da varanda do andar superior tinha sido fechada com vidros. O portão não era mais de madeira, aquele portão pesado que eu custava a abrir, e sim um de alumínio pintado de branco. E pensar que lá no fundo o escritório do vovô não existia mais. E pensar nos anos que eu passara ali intrigada com tantos livros, todos organizados por assuntos: direito penal, código civil, dicionários, filosofia, Kant, Kant. Meu avô lia muito Kant. Por isso era imperativo, categórico. Defendia a necessidade das normas e posturas éticas bem definidas como o caminho para dignificar a pessoa e suas relações com o próximo. Essa foi uma aula que deu na faculdade e tinha lá, na pasta guardada na minha casa. Eu guardara tudo, quase tudo de meu avô ficara comigo. Minhas tias nem relutaram. Tantas pastas, tantos livros, onde guardar? Eu quis, eu quis ter comigo. Nas minhas aulas da faculdade, eu ouvindo os professores me dizerem, chegando em casa eu ia direto para o escritório do meu avô ler nas suas pastas, ali, naquela casa onde hoje o escritório do meu avô não existe mais, nem minha avó, nem Anastácia. Mas as aulas do meu avô existem e estão na minha casa. Suas palavras, seus argumentos, sua ética, sua indignação. E eu tendo que me preocupar com a reputação do deputado, limpar a sua cara. Mas e se eu não fizesse nada, e se eu deixasse assim, sem procurar saber da fulaninha? E sem falar nada para o Manolo. Mas Manolo irá me indagar, querer saber se eu tinha cumprido com o combinado. E aí? Eu mentiria? E aí?

Enquanto eu estava sentada no meu carro pensando, uma menina passou de bicicleta rente à minha janela. Tinha os cabelos castanhos como os meus, encaracolados como os meus, andava despreocupadamente pela Rua da Urca. Ali onde eu fora criada. O toque do meu celular, insistente, eu fuxicando a minha bolsa para encontrá-lo. Na tela vi o nome Alberto. Estava saindo do hospital, queria encontrar comigo à noite, "Quer ir jantar lá em casa?", perguntou. E eu, tentando voltar à normalidade do dia a dia, aceitei.

40

Simone é quem estava gostando desta história. Agora, empenhada em preservar a sua relação com Sérgio, de alguma maneira se projetava em mim. Mas eu não tenho que pensar nada, nada, nem tenho nada a dizer a Simone. Não preciso lhe contar que eu saí da Urca rapidamente, fui para minha casa me arrumar para encontrar Alberto.

No tocar da campainha, ele me abriu a porta, um sorriso elegante em me ver, a luz indireta dos abajures de sua sala, me levando a sentar no sofá, onde um champanhe gelado arrumado na bandeja me esperava. O estalar da rolha, as *flûtes* sendo preenchidas. Tim-tim. Esse era seu jeito.

E depois de poucos goles, algumas palavras sobre o dia de trabalho, ele me beijou. E quando ele começava a me beijar não parava mais. Ficamos ali, no sofá da sala, até ele se levantar e, segurando a minha mão, me conduzir para o seu quarto. Acendeu a luz do banheiro deixando a porta meio encostada, o quarto na penumbra. De novo o beijo, e num gesto delicado foi desabotoando a minha blusa de seda. Seus dedos alisando devagar o colo, se insinuando pela beirada do sutiã, aos poucos, muito aos poucos, até atingir o mamilo. Foram os meus peitos eufóricos que me fizeram tirar logo o sutiã e me liberar para que a mão de Alberto pudesse apalpá-los. Desabotoei sua camisa, tudo, o corpo nu. E ali de pé eu senti a sua vontade em me burilar, fuçando a minha virilha, eu ajudando, ficando nas pontas dos pés, ele me puxando pelas nádegas, me apoiando no móvel de seu quarto, me deixando mais confortável para abraçá-lo e me sustentar até a hora exata, exata para nós dois.

Tirou a colcha que cobria a cama me chamando para que deitássemos. Deitei e ele me puxou, me enlaçando com o braço esquerdo sob o meu pescoço, deixando que meu rosto se deitasse sobre o seu peito. Eu comecei a alisar os pelos do peito e ali, nesse meu gesto, eu senti o quanto eu o queria. Ficamos de olhos fechados, relaxados por um tempo. Depois nos levantamos, ele foi ao banheiro, depois eu, e colocamos as roupas para podermos jantar.

Sentamos à mesa, uma moça morena veio nos servir uma salada, ele me apresentou a ela e nesse instante o meu celular tocou e eu não quis atender. Tocou novamente e na terceira vez eu lhe pedi licença e fui à minha bolsa.

Era Manolo.

— Você não vai acreditar onde eu estou.

— Onde? — eu perguntei.

Manolo tinha sentido dores no peito, uma dormência no braço esquerdo. Estava no hospital. Desliguei dizendo que eu estava a caminho. Relatei para Alberto e ele deciɑɪu vir comigo. Esse era seu assunto.

Ao chegarmos ao hospital, Manolo já tinha se submetido a vários exames. Alberto se uniu à equipe para analisar a situação enquanto eu fui ver Manolo.

Ele estava num boxe da área de cardiologia do hospital, deitado numa cama, vestido com um jaleco, e um lençol cobria-lhe os pés. Ao me ver, deu um meio sorriso, as mãos cruzadas sobre a barriga. Cheguei bem junto e, olhando o seu rosto, perguntei:

— Como você está?

— Com medo — ele disse.

— Fique calmo — falei. Disse-lhe que Alberto era da equipe deste hospital, que ele podia confiar.

Ficamos ali em silêncio. Ele não me perguntou nada a respeito da fulaninha.

Alberto chegou, se apresentou para Manolo, explicou sobre a conclusão da análise dos exames e comunicou que ele teria de se submeter a um cateterismo para verificar as artérias, e, se houvesse necessidade, eles colocariam um *stent*. Manolo lhe perguntou detalhes e ele explicou. Como já era tarde, o indicado era ele pernoitar no hospital para fazerem o procedimento logo cedo.

Fui tratar de sua internação. Ele foi transferido para um quarto, eu tive de assinar o termo que me deixava como a sua responsável. Colhi suas roupas, carteira, celular e levei para o quarto. Quando estava já acomodado, um monitor ligado ao seu corpo controlando o ritmo cardíaco, Manolo virou-se para mim e perguntou se eu podia dormir com ele. Claro, mas era claro, ele sabia que eu não iria negar. Sem nada para vestir, fui ao corredor, pedi à enfermeira que me conseguisse uma camisola do hospital para eu dormir. Fiquei reparando o jeito de Alberto orientar a enfermeira, a medicação adequada caso houvesse surpresas. Ele virou-se para mim e me disse que tudo correria bem.

Quando entrei no quarto, Manolo estava imóvel na cama; sugeri que ligássemos a televisão, e ele aceitou. Arrumei a minha cama de acompanhante, fui ao banheiro me trocar, fazer a higiene aproveitando a escova de dentes fornecida pelo hospital e voltei para o quarto. Deitei-me ali. O filme que passava na TV fez com que Manolo adormecesse. Desliguei tudo. Mas não consegui pegar no sono. Fiquei olhando para o monitor, para as batidas do coração de Manolo. E se ele não tivesse conseguido chegar ao hospital? Súbito, poderia ter sido, súbito, rápido. Fechei os olhos e via passar as imagens: Manolo sendo atendido por Alberto, Alberto que jantava comigo em sua casa, eu ali, dormindo no hospital com Manolo. Alberto, Manolo, Manolo e Alberto. E, de repente, tudo passava a fazer sentido. *Everything makes sense.*

41

Difícil é rastrear os acontecimentos e ver as influências, as relações, as correlações. Foi um *stent*, só um. Manolo reagiu bem, passou bem, logo foi para casa, e eu junto, o tempo inteiro. No outro dia, já no escritório.

— Você deveria eliminar pelo menos um dos celulares — eu disse.

— Não dá, não dá, cada um responde por um departamento diferente da minha vida. Esse aqui é só para as instâncias judiciais, delegacias etc. Esse, os clientes e esse, para as minhas musas — completou Manolo num sorriso faceiro.

As musas. Até nisso ele relutava em perceber o tempo, o seu corpo no tempo. Mas deixa pra lá.

— Esse negócio de dizerem que eu tenho de cuidar mais de mim, diminuir o estresse. Ora bolas, eu faço atividade física, não como gordura, nem fritura, sigo toda essa filosofia de vida saudável. Agora, estresse? Como evitar vivendo numa cidade como o Rio, tendo o trabalho que eu tenho, que lida o tempo todo com a podridão dos homens?

— Café e cigarro, Alberto te pediu para evitar — eu disse.

Foi como um tranco. Manolo calou-se. Minha impressão era de que a todo momento ele teria de ser lembrado dessa realidade pálida e fria, que a todos nós assusta. Já não era mais garoto, e, a partir de então, seria o corpo que lhe daria as ordens. Querendo fugir da conversa, ele perguntou se eu tinha adiantado alguma coisa sobre o deputado. Respondi que não e enquanto eu falava a minha cabeça estava pensando em como as coisas vão se delineando sem a gente querer, como eu agora estava ali naquela situação com Manolo, totalmente inserida na sua maior intimidade.

Eu não conseguia dizer para Manolo que eu não estava com a mínima vontade de continuar, de ir até o escritório da ONG com aquela pinta de idiota fuxicar aqui, ali, perguntando à secretária siliconada se eles conhecem o deputado tal que consegue dinheiro para ONGs de assistência infantil. O que eu saberia fazer nesse momento seria encarar a fulaninha para dizer-lhe que a brincadeira tinha acabado, que ela iria para detrás das grades. Mas não valia dizer isso para o Manolo neste momento. Melhor passar uns dias. Não havia motivo para pressa, tudo já tinha sido esclarecido, faltava só a punição, a aplicação da pena.

Despistei. Isso mesmo, menti. Disse para ele que a fulaninha estava viajando, nem a secretária estava indo ao escritório.

— Semana que vem eu tento — eu disse.

E deixei-o lá. Queria ir para a minha casa ficar sozinha. Alguma coisa eu tinha. Alguma coisa dentro de mim. Isso que havia acontecido: eu-Alberto-Manolo, Alberto e Manolo e eu.

42

Preciso de Simone, de Juliana, de todo mundo. Preciso de minha avó, dela sentada na sua cadeira *bergère,* eu sentada no banquinho ao lado, a cabeça recostada recebendo seu cafuné. Precisaria, sim, desses meus alicerces nesse momento. É essa angústia que me invade vez ou outra, me fazendo acordar no meio da noite, eu não conseguindo fechar os olhos, ficando de olhos abertos de cara para o escuro e pensando, querendo entender. Muitas coisas vêm à minha cabeça, tantas coisas da minha vida, coisas que fiquei anos desembrulhando na minha análise, mas, mesmo com tantos anos deitando naquele divã, ainda hoje acontece. Mas havia muito tempo eu não sentia assim, havia muito tempo que eu não passava tantas noites sem dormir, sem entender o que tanto me aflige.

Simone falou para procurar o meu analista, talvez voltar a frequentar, quem sabe ali eu descobriria o que vem me angustiando desde a noite que passei no hospital com Manolo.

Voltar à análise. É uma ideia. Será? E, enquanto eu estava na cozinha preparando meu café, o celular tocou e era Manolo perguntando a que horas eu estaria no escritório. Ele tem estado assim, me procura onde eu estiver, me quer junto. Eu nem sei o que penso sobre isso, mas só de ouvir a sua voz, sentir o tom como me fala, eu sei que eu tenho de me mexer e ir para lá, para o escritório.

E eu chego lá e vejo a vista da Baía de Guanabara inteira, Ponte Rio-Niterói, o Rio, esse chão em que eu e Manolo nascemos sem que pudéssemos ter feito outra escolha. E nós à mesa de sua sala, ele falando para mim de mais um caso de extorsão, de mais um caso de divórcio litigioso, mais outro caso de traição; e as notícias no jornal, os crimes comuns não punidos, as promessas do governo de melhorar a fiscalização dos recursos públicos repassados a estados, municípios e ONGs, e eu e Manolo sabendo o quanto membros do governo se beneficiam dessa situação.

— O velho problema, um problema ético e cultural. Há quantos anos eu estou envolvido com essas questões? Há quantos anos tento desvendar essas falcatruas, acreditando que com isso estarei ajudando a limpar essa sujeirada? — Tinha um tom depressivo nessa fala de Manolo, e ele sem um cigarro, sem um café. — Sabe, andei pensando, acho que não devemos mexer mais com o caso do deputado. Chega. Já trabalhamos muito para esse caso. Fizemos o que tínhamos de fazer. Você não precisa mais tentar saber se na papelada da ONG tem alguma referência ao seu nome. Digo ao deputado que não encontramos nada. Tenha o caso como encerrado, vamos só mexer os pauzinhos para que haja um mandado de segurança e, com base nos dados que colhemos, essa ONG será interditada e seus membros presos.

— Grande decisão — eu disse.

Eu não conseguia acreditar. Era tudo o que eu queria. Me livrar da fulaninha, do papel da voluntariante burra que eu vinha exercendo, e vê-la sofrendo a intervenção da Polícia Federal no seu escritório, na sua ONG. Essa postura de Manolo me dava segurança.

— Puxa! Que alívio! — eu disse. — Confesso que eu não estava mais aguentando esse caso.

Manolo me sorriu e estendeu a sua mão no ar para que a minha a encontrasse, num gesto de plena cumplicidade. Olhei bem nos seus olhos e ele perguntou:

— E Alberto? Vocês estão juntos há quanto tempo?

— Ah... bem, nem sei.

— Gostei dele. Decidi ficar com ele. Por incrível que pareça, a essa altura da vida eu ainda não tinha cardiologista. Mas depois dessa...

Depois dessa. Importante ouvir isso de Manolo.

A noite foi chegando lá fora, as luzes da Ponte Rio-Niterói acesas.

— Vamos indo? — ele propôs.

Descemos juntos no elevador, caminhamos juntos até o estacionamento, Manolo me acompanhou até o meu carro, me deu um beijo no rosto.

— Até amanhã, vou para casa, estou cansado.

No carro, no engarrafamento do Aterro, música que escolhi, Bach, e o pensamento em Manolo, no que vinha acontecendo. Tantas coisas, coisas que nos modificam. A morte do filho. Brutal. O quase infarto. Estou cansado, ele disse. O violoncelo tocando as suítes de Bach, o carro andando lentamente no meio de tantos carros, o túnel, depois outro túnel.

Cheguei em casa. Matilde tinha deixado na geladeira salada de alface com mussarela de búfala e damasco, um arroz integral, frango, cenoura refogada. Fiz um pequeno prato e esquentei. Alberto me ligara do consultório, iria dormir cedo, tinha cirurgia pela manhã. Tirei minha roupa, o sutiã, de calcinha me deitei no sofá e liguei a TV. Um documentário sobre a Carmem Miranda. Terminou tarde. Fiquei zapeando os canais, parei num filme, *Margot e o casamento*, com a Nicole Kidman. Fiquei diante da tela tentando adormecer. O sono não vinha e eu comecei a ficar aflita. A fulaninha vai ser denunciada, tudo certo, eu posso dormir tranquila. O filme passando e eu sentindo cada vez mais forte, nada do que a Nicole Kidman falava conseguia prender o meu interesse. Desliguei a TV. Fui para o quarto, um livro pode atiçar o sono. Me preparei para me enfiar nos lençóis, ar-condicionado ligado, a luz da luminária direta na página do livro. E, mesmo passando os olhos pelas palavras, eu não consegui. Alguma coisa me impedindo, alguma coisa não me deixando concentrar na leitura, alguma coisa. Desisto da leitura. Apago a luz. Estico o corpo na cama de barriga para cima, os braços relaxados ao longo. Fecho os olhos, respiro fundo e digo: esvazie a cabeça de pensamentos, não pense em nada, não pense em nada, não pense em nada, não pense em nada. Respirando firme. Nem assim. Abro o olho e vejo a escuridão do meu quarto, a hora do relógio digital me denunciando. Detesto tomar remédio, detesto precisar do remédio. Mas não tem outro jeito.

43

Acordei cedo. Mesmo com o remédio acordei era cedo e fui caminhar porque é nas minhas caminhadas matinais, quando o andar uniforme em passos ligeiros, o movimento contínuo dos braços faz com que a minha cabeça avance e se desprenda em pensamentos soltos que vão e vêm em associações livres. Muita coisa estava mudada, Manolo estava mudado. Não tinha como não estar. Em mim alguma coisa. Alberto se fixando em mim. Eu não sei se sou mulher para o Alberto. Eu enjoada de trabalhar da maneira que vinha trabalhando. Não quero mais. Não quero mais certos papéis. Uma mulher passou por mim vestida de calça *legging* verde e blusa rosa e ficou caminhando bem rente. Manolo não vai entender, ele me quer firme, do jeito que sempre fui. Mas eu não estou satisfeita. A história com a fulaninha mexeu com os meus padrões, com a minha conduta profissional. Desde pequena eu vi vovô, vovô me diria, alguma coisa ele me diria quanto a essa situação da ONG. Duas mulheres passaram por mim e ouvi uma delas dizer "há anos deixei de remexer essas lembranças", e continuei no meu andar uniforme, pensando em mim e Alberto, o que será de mim e Alberto? E se ele quiser eu não posso, eu tenho de dizer que eu não posso. É melhor ele se convencer de que comigo não dá. Manolo e o *stent*. O coração de Manolo. Uma mistura de pensamentos. Está na hora de eu voltar, chega, já caminhei demais.

Matilde me serviu um café e me contou que seu filho mais velho estava trabalhando como motoboy. Eu disse "que boa notícia" animando-a e fui direto para o banho. Debaixo do chuveiro, lembrei-me que era quinta-feira e Alberto viria jantar. Ele disse que traria o vinho.

E foi assim. Matilde fizera um peixe de forno, um purê de maçã, arroz com brócolis, uma *quiche* de espinafre. Estava gostoso, Alberto falou. E, durante o jantar, conversamos sobre variados assuntos, e dessa vez eu contei sobre o caso da ONG da fulaninha, do marido da fulaninha, do dinheiro conseguido através do deputado, desviado e que nunca mais iria ter volta.

— Desvio de recursos públicos e faltando tanta coisa na área de saúde — lamentou Alberto e ficou me contando inúmeros casos de deficiência de aparelhos nos hospitais, falta de material cirúrgico, o pagamento ridículo dos profissionais de saúde. *It doesn't make sense*, eu pensei.

Alberto dormira na minha casa, encostara a minha cabeça no seu peito depois de termos feito amor e adormecera com facilidade. Eu, não. Saíra de seu ombro para deixá-lo dormir mais à vontade e ficara no meu canto olhando para a escuridão do quarto. A gente vinha se entendendo. Ele gosta de mim, já disse isso para mim. Amor, ele já se referiu várias vezes a mim dizendo isso. Mas se soubesse ficar assim, se ele quisesse continuar comigo desse modo, eu na minha casa, ele na dele? Mas e se for como o Caio, querendo ficar mais junto, um filho? Alberto mudou de lado e eu fiquei observando os seus lábios, os olhos fechados, o contorno de seu rosto. Na cabeceira da mesa, o relógio digital a mudar os números ininterruptamente, apontando mais uma vez a minha agonia. Nem mesmo tendo Alberto ali dormindo comigo, depois do vinho, depois do amor feito sem alardes, nem assim o sono veio. Todo dia tem sido assim e, se todo dia é assim, eu tenho que tentar entender.

E me levantei e fui para o computador. Era pouco mais da uma hora da manhã e lá do outro lado do mundo seria de tarde. Acionei o Skype, Juliana poderia estar em casa, deveria estar sozinha na sua casa em Melbourne, o filho na escola, o marido fora de lá. E, quando eu ouvi a sua voz, senti um alívio.

Ela não sabia que o Manolo tinha tido um pequeno infarto. Ela não sabia do desenrolar do caso da fulaninha. Ficara feliz em saber que eu tinha conseguido tudo. Resta saber se a denúncia irá gerar um processo e se esse processo será julgado, eu lhe disse. Juliana sentiu o meu desânimo, entende, no Brasil é sempre assim. E lhe expliquei que havia dias eu estava tomando remédio para dormir, ela dizendo que não era bom, vicia, ela disse. Eu sei. Mas o que está havendo?, ela perguntou. Não sei. Está com medo de quê? E por que Juliana haveria de pensar que a minha falta de sono era medo? Essa história do Manolo não te deixou em pânico? Ele podia ter morrido, ela falou. Desculpe, prima, mas sempre associo com aquela noite, seu medo perene das perdas. E continuamos mais um pouco a nossa conversa, ela querendo saber mais detalhes do meu relacionamento com o Alberto, eu falando. Para Juliana eu conto tudo.

Voltei para a cama. Alberto dormia de barriga para cima, um forte ronco. O seu barulho impregnando a atmosfera do quarto e eu pensando na distância que separa aquela noite desta noite em que estou deitada aqui na minha cama com Alberto. Não é verdade. Por mais que eu pense que está resolvido, não é verdade. As lembranças estão lá escondidas num canto cinzento do meu cérebro, fixadas de um modo que não é possível apagá-las. E eu não conseguindo desgrudar os olhos da escuridão, ouvindo Alberto roncar. Manolo não morreu, Manolo está vivo e eu estou com Manolo há muito tempo e ainda muito tempo eu quero ficar com o Manolo. Sei disso desde o primeiro dia, são coisas que a gente sabe e agora ainda mais eu sei que eu e Manolo devemos continuar juntos, nos especializar cada vez mais nos casos de fraudes, de desvio do dinheiro público, quem sabe fundar uma ONG que consiga fiscalizar o trabalho de outras ONGs, mobilizando a sociedade civil? Tudo vai dar certo, escuto a voz de minha avó me falando.

Alberto roncando. Juliana do outro lado do mundo. Sempre Juliana a me dizer. *Everything makes sense*. E eu olhando para a escuridão do quarto sem sono, gostando de estar ali, pensando em tudo isso. E, enquanto eu pensava, de repente Alberto se virou para o lado e, de repente, ele parou de roncar.

F I M

Este livro foi composto na tipologia Bembo
Std Regular, em corpo 11,5/16, e impresso em
papel off-white 90g/m² no Sistema Cameron da
Divisão Gráfica da Distribuidora Record.